성악은 내 생명

성악은 내 생명

발행일	2025년 5월 29일		
지은이	김필규		
펴낸이	손형국		
펴낸곳	(주)북랩		
편집인	선일영	편집	김현아, 배진용, 김다빈, 김부경
디자인	이현수, 김민하, 임진형, 안유경, 한수희	제작	박기성, 구성우, 이창영, 배상진
마케팅	김회란, 박진관		
출판등록	2004. 12. 1(제2012-000051호)		
주소	서울특별시 금천구 가산디지털 1로 168, 우림라이온스밸리 B동 B111호, B113~115호		
홈페이지	www.book.co.kr		
전화번호	(02)2026-5777	팩스	(02)3159-9637

ISBN	979-11-7224-658-7 03810 (종이책)	979-11-7224-659-4 05810 (전자책)

(주)북랩 성공출판의 파트너

북랩 홈페이지와 패밀리 사이트에서 다양한 출판 솔루션을 만나 보세요!

홈페이지 book.co.kr • **블로그** blog.naver.com/essaybook • **출판문의** text@book.co.kr

작가 연락처 문의 ▶ ask.book.co.kr

작가 연락처는 개인정보이므로 북랩에서 알려드릴 수 없습니다.

팔순에 터득한 득음의 비밀

성악은 내 생명

The Voice of My Breaths

김필규 지음

 북랩

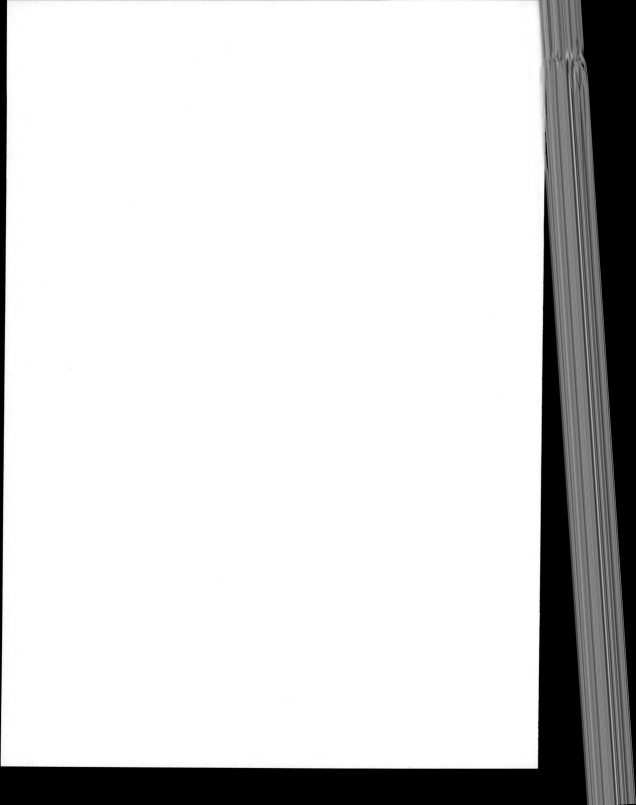

서문

- 내 생명을 지켜준 성악

　성악을 시작했던 20년 전 내 환갑 때의 건강은 매우 악화되어 거의 초죽음 상태였다. 오래 묵은 당뇨가 발작하여 발바닥이 갈라지고 잇몸이 터지고 눈에는 황반변성이 진행되고 췌장에는 큰 물혹까지 생겼다. 수년 동안 매 학기 새 과목의 강의 준비에 과로와 스트레스가 겹쳐 얼굴과 목에는 이미 저승꽃이 만발하고 주름살은 거미줄처럼 엉겼다.

　나이 70세 되던 해 고혈압까지 찾아왔다. 어지럼증과 치통, 그리고 척추관협착증까지 와서 꼼짝없이 드러누워버렸다. 이렇게 아플 바에야 차라리 죽는 게 훨씬 낫다는 생각을 여러 번 했다.

　내 모습이 안타까웠던지 이때 딸 정연이가 당시 2,000만 원의 거금을 내어놓고 내 육성의 음악 CD를 만들어달라고 해서 성악을 시작했다. 그런데 희한하게도 성악을 시작한 후부터 얼굴에서 주근깨와 주름살이 사라지고 대신에 빤질빤질한 피부에 생기까지 감돌고 목소리는 까랑까랑하게 살았다.

그러함에도 새로운 병은 자꾸 생겨나서 이제는 병원의 약만으로 치유되지 않는 불치병을 모두 13개나 안고 산다. 하지만 또다시 신기한 것은, 이런 아픔과 불편 속에서도 막상 생명과 직결되는 두뇌와 심폐기능 그리고 장기기능은 지금까지도 별문제 없이 작동되고 있다.

　　이거야말로 나한테 성악이라는 묘약이 없었다면 설명이 되지 않는다. 한창 진행되던 황반변성과 췌장의 혹은 없어지고 대신 난청이 왔지만 지난 20년간 내 생명을 줄곧 지켜준 것은 단연 성악이었다.

　　그래서 기적같이 찾아낸 성악의 비법을 공개하자고 결심하고, 이 경험을 기록하는 자서전을 쓰게 되었다. 자서전의 이름은 『**성악은 내 생명**(The Voice of My Breaths)』으로 했고, 그 비법을 쉽게 설명하기 위해 군데군데 괄호 내에 노인네 골프의 예를 들었다(골프는 정지된 작은 볼을 골프채라는 긴 기구를 이용하여 볼을 쳐서 멀리 또는 짧게 보내는 감각적인 운동이지만, 다른 스포츠에 비해 유난히 공학적 설명이 다양하고 정교하다. 간단하고 쉬워 보이는 골프 스윙에도 엄청난 기술이 묻혀 있어 사람마다 골프 실력이 천차만별이다. 성악의 경우 더욱 그러하다. 같은 음정의 노래인데도 노래 실력은 사람마다 다 다르다. 여기에는 사실상 과학적 근거와 기술적 노하우가 숨겨져 있는데도 그냥 '타고난 재능'으로 묻어버린다. 그래서 성악 비법의 편리한 설명 수단으로 가끔 골프 역학을 인용한다. 골프에는 근육과 관절의 노화를 막는 과학도 있다. 힘을 빼고 하는 운동이니 힘없는 노인에게는 딱 들어맞는 운동이다. 나는 골프광은 아니다. 주로 유튜브로 공부하고 일주일에 한두 번 연습장에 가는, 연구하는 노인네 골퍼이다).

그 비법을 II장에서 3개의 챕터로 나누어 기술한다. 「II-1. 두성으로 가는 길」, 「II-2. 복성으로 가는 길」, 「II-3. 호흡 대왕으로 가는 길」이다.

이들과 관계되는 문헌을 찾아보다가 아연실색했다. 연주자의 노하우(know-how)형 비법은 그 어디에도 없다. 오히려 성악의 역사 천년이 넘도록 베일에 싸여왔던 그들만의 기밀들이었다. 나는 긴장했고 고심한 끝에, 나의 세 번째 음반을 제작하여 실증해보자고 결심하고 하나 가진 골프 회원권을 팔았다. 음반에 수록될 음악은 고난도 발성 기법이 필요한 12곡을 선발하였고 Ⅲ장에 서술한 '생명의 찬가'에 수록하였다.

음악은 유튜브로 전부 공개하여 사이트의 이름은 **PK KIM 김필규 테너 [생명의 찬가(Songs for life)]**로 하고 나의 성악 1, 2집의 28곡과 함께 모두 40개의 주옥같은 클래식 성악곡을 게재한 것이다(노래 해설 등은 이 책에 수록).

내가 터득한 성악 비법 이외에도 특기할 사항으로, 오랜 기간의 투병 생활과 성악 연습을 통해 성악이 인간의 건강 수명과 피부 미용에 매우 긍정적 효과를 주는 놀라운 힘을 발견하고 체험하였다. 그래서 인체의 공명 기관(구강, 비강, 인두강)과 횡격막호흡을 인체공학적 측면에서 면밀하게 관찰 분석하면서, 성악 연주자에게만 내려지는 성악의 큰 축복을 눈여겨보았다.

이제는 일반인도 성악 연주에 쉽게 접근할 수 있도록 '성악의 대중화'가 절실함을 느꼈다. 기존의 성악 교육 패턴의 문제점을 적시하고 가장 쉬운 성악 입문의 길을 제시한다. 득음의 길로 향하는 나의 성악 수행 과정을 소개하고 지금도 득음의 세계를 놓지 않으려는 노력을 계속한다.

그리고 부록 중에 저자의 인생 역정 「파란만장 공직자의 길」을 남겼다.

2025년 5월
김필규

목차

I. 성악의 힘

II. 성악 발성과 호흡의 비밀

III. 성악 제3집 '생명의 찬가'

부록

I

성악의 힘

1. 팔순에 득음(得音)의
세계를 경험하다

...

　어느 날 갑자기 내 성악의 목소리가 몰라보게 변해 있었다. 목소리에 힘이 실려 있었고 부드러워졌고 매끄러워졌다. 성악 연습을 하다 보면, 하루에도 컨디션에 따라 몇 번씩이나 바뀌었으니 대수로운 일이 아니었으나 뭔가 이번에는 심상치가 않았다. 고음은 더 올라갈 것 같고 저음은 더 내려갈 것 같았다.

　피아노로 확인해봤다. 그동안 힘들었던 고음 발성('하이체', C5)도, 항상 여유가 없었던 폐활량도, 내려가면 쩔쩔맸던 저음 발성(배꼽 도 아래 '파', F2)도 모두 한꺼번에 해결된 것이다. 힘이 들어가지 않았는데도 고음이든 저음이든 소리는 더 찰지고 깊고 넓게 울려 나왔다. 혹시 일회성일 수도 있겠다 하여 며칠을 두고 관찰하였다.

　고음을 올리는 데도 소리가 전보다 쉽게 터지고 특히 머릿속이 울리면서 오래 유지된다. 소리도 맑게 변하고 더 멀리

뻗어 나가는데, 힘은 들지 않는다. 자연의 소리 같다! 시원하고 짜릿한 쾌감과 내 목소리에 내가 취하는 희열(카타르시스)을 느낀다. 무아경의 세계다!

저음으로는 내려가다 가슴이 울리는 듯하더니 갑자기 굵직하고 찰진 목소리가 배 힘과 함께 연이어 분출된다. 순간 온몸에서 새로운 활기를 느낀다. 저음에서 큰 공명이 일어난 것도 그렇고, 생각지도 않은 새로운 에너지가 그저 생기니 희한하다. 옛날의 가수 배호의 특이한 저음 발성이 문득 생각났다. 폐활량은 갑자기 커진 듯 아직도 호흡량이 남아 있다.

참으로 신기한 일이다. 한참 동안 생각하다가 무릎을 쳤다. 와, 이게 바로 득음(得音)의 세계로구나! 내 환갑 때 독학으로 성악을 시작한 지 20년 만의 기적이다. 걸음도 제대로 되지 않는, 팔순이 지난 이 나이에 어찌 이런 엄청난 일이!

2. 인체공학 측면에서
본 성악

...

좋은 음악을 들으면 심장과 혈관이 치유되고 신경계가 안정
되어 건강에 좋은 것으로 알려져왔다. 그런데 듣는 성악이 아
니고, 직접 부르는 성악은 연주자의 건강에 어떠할까? 불행히
도 명확한 답변은 아직 없다.

그도 그럴 것이, 성악의 연주 인구가 극소수에 불과하고 성
악의 맥인 두성과 복성을 느끼는 성악가도 많지 않으니 일반
대중의 관심 밖에 있는 것은 너무나도 당연하다. 이 문제에
관한 한, 구체적인 의학적인 데이터도 없고 다양한 설(說), 예
를 들면 성악은 복식호흡을 하니까 '건강에 절대적으로 좋
다!' 한편에는 '성악가들 오래 살지 못하더라!' 하는 등의 얘기
만 난무해왔다.

필자는 평생 공학 공부를 업(業)으로 해온 사람으로서 성악
을 독학으로 수행하여 수많은 시행착오 끝에 득음까지 하였

기에, 성악의 연주자 편에 서서 인체공학적 측면에서 본 성악의 힘과 그 부작용을 면밀하게 관찰해보고자 한다.

구강 공명과 신비의 광대뼈-연구개 콜라보

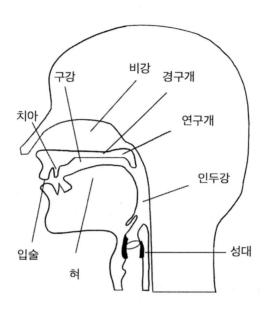

여기서 잠깐 목소리의 **'발생 과정(발성)'**을 살펴보자. 그림에서와 같이, 호흡의 날숨(내뱉는 숨)에 의해 성대가 떨리고 그 진동 신호는 구강(口腔)이라는 공명(울림) 장치에 의해 소리(모음)가 증폭된다. 여기에 입술, 치아, 혀의 현란한 조합 동작(자음)이 덧붙여져 비로소 목소리가 된다. 구강이란 입안 전체를 의미하며, 성대는 목구멍 깊숙이 박혀 있는 목청으로서 그 윗부분은 고음 신호를 발생하고 아랫부분은 저음 신호를 발생하는 떨림판이다. 고음 신호는 구강의 앞쪽 부분(경구개)에서 울림이 커지고 저음은 구강의 뒷부분에서 울린다.

이와 같이 구강은 소리가 만들어지는 공간이며, 비강(두성)과 인두강(흉성과 복성)으로 가는 출발선이다. 구강에서 소리를 제어하고 움직이는 기관으로는 성악의 모음 발성을 적극 지원하고 조정하는 연구개, 그리고 자음 활동에 관여하는 혀가 있다.

① 연구개는 성악의 조종사(파일럿)

바로 이 구강 공명에서 성악의 성량(볼륨)이 결정되는데 그 핵심 인자는 연구개(말랑말랑한 입천장 부위)다. 발성할 때에 연구개가 펴져 있어야 공명 강(腔)의 공간이 커져서 큰 소리가 발생하기 때문이다. 흔히들 성악할 때는 항상 입을 크게 벌려야 한다고 주장하는 이유다. 그러나 입을 무조건 크게 하는 것보다, 연구개가 고음, 중음, 저음 발성 시에 언제나 잘 펴져 있는지 확인하는 것이 중요하다. 모음의 종류(아, 에, 이, 오, 우)에 따라 연구개의 주름이 수시로 바뀌기 때문이다.

이 연구개의 주름은 고음으로 안내하는 길잡이 역할도 톡톡히 해낸다. 두성 발성을 하는 비강의 입구까지도 인도한다. 물론 복성을 위한 저음 발성에도 그 주름은 인두강 아래쪽으로 인도한다. 그뿐이 아니다. 날숨이 새어 나가는 길목(코 방향)을 차단하여 노래가 원하는 만큼의 폐활량까지 지켜준다. 유명한 성악가란 연구개의 주름을 잘 잡아주는 장인인 셈이다(골프에서 방향과 비거리를 동시에 잡아주는 결정자).

② 광대뼈는 성악의 시크릿

구강 공명에서 성악의 큰 특징은 바로 이 연구개와 광대뼈와의 콜라보(협업)에 있다. 즉, 연구개에서 발사되는 큰 소리가 광대뼈를 때려주고 있기 때문이다.

바로 여기에서 성악과 대중가요의 소리도 확연히 구분된다. 그것은 성악의 시크릿인 **'광대뼈'**의 매력에 있다. 광대뼈는 인체의 뼈 200여 개 중 유일하게 속이 비어 있어 마치 북처럼 울린다. 성악의 목소리는 '모음 중심'의 노래이므로 연구개가 쉽게 펴져 구강의 공명이 커서 광대뼈를 쉽게 때리게 되지만, 대중가요는 '자음 중심'의 노래이므로 연구개가 잘 펴지지 않고 구강의 공명이 작아 광대뼈를 잘 스치질 못한다. 이것이 성악의 소리가 가요의 소리보다 더 깊숙하고 더 넓게, 찰지게 들리는 이유이다.

프랭크 시나트라의 '마이 웨이'와 스리 테너의 '마이 웨이'는 같은 악보임에도 전혀 맛이 다르다. 태생적으로 일반 가요는 일반 대중이 쉽게 부를 수 있도록 가사의 전달에 치중한다. 가사에 음을 붙여 작곡하는데 가사의 토씨까지도 정확히 음을 붙인다. 노래를 부를 때는 자연히 가사의 전달이 쉬운 자음(ㄱ, ㅂ, ㅈ, ㄸ 등)에 치중되어 광대뼈와 거의 관계없이 발성되는 반면에, 성악은 '가사의 내용을 음(音)으로 구현'하여 작곡을 하고 그 곡에 가사를 끼워 맞춘다. 노래를 부를 때는 자연히 소리 전달이 쉬운 모음(아, 에, 이, 오, 우 등)에 치중되어 광대뼈를 두드리게 되는 것이다.

문제는 다음이다. 성악에는 광대뼈가 울리니 얼굴색이 변한다. 금시 얼굴에 생기와 윤기가 나고 얼마 지나면 얼굴 피부가 몰라보게 좋아진다. 고급 살롱의 마사지나 비싼 화장품과도 비할 바가 아니다. 굵은 주름살도, 주근깨도 없어진다. 노화 진행을 막아 생명이 연장된다. 놀라운 일이다. 그래서 성악을 하는 것을 망설이지 말고, 성악가의 노래를 무조건 따라 불러야 좋다. 그런데 이상하게도 가요는 곧잘 따라 부르는데 가곡은 오히려 듣기만 하는 추세이다.

비강 공명과 두성의 세계

앞의 그림에서와 같이 비강은 뇌와 가장 가까이 위치하는 공명강으로 두성을 발생시킨다. 비강의 출입구는 코끝에 위치하여 성대로부터 광대뼈를 지나 다소 거리가 있다. 비강의 크기는 구강처럼 인위적으로 조정할 수 없다. 상당한 고음일 때 비강으로 진입이 가능하고 소리가 비강에 '확실히' 갇혀야 두성이 발성된다. 소리를 비강에 담아서 그대로 유지하지 못하고 소리가 빠져나가거나, 갇혔다 빠졌다 들쑥날쑥하게 되면 두성을 느끼지 못하고 힘만 잔뜩 들어간다. 첫 경험을 위해 구강에서 '라(A4)' 정도의 고음이 자유롭게 구사되면 좋겠다. 물론 숙련이 되면 중저음에서도 두성을 구사할 수 있다.

'두성'이 발성되는 순간, 머릿속이 울리면서 고음이 쉽게 터진다. 힘이 들지 않는데 소리에는 힘이 실려 있고 가볍고 매끄럽다. 두성이 계속 유지가 되면 모든 것이 자유로워진다. 더 높은 고음의 발성도, 폐활량도 여유가 생겨 성악가로서 놓치기 쉬운 가사도 챙길 여유까지 생겨 감정 전달이 매끄러운 '맛있는' 노래를 연주할 수 있다.

이뿐이 아니다. 비강의 공명으로 발성되는 두성은 머릿속이 울린다. 비강 공명이 활성화되면 될수록 머릿속이 더욱 울린다.

머릿속이 계속 울리니 뇌가 쪼그라들 여지가 없다(大腦의 萎縮 防止). 헉! 치매 걱정은 할 필요가 없어진다. 또한, 머릿속이 울릴수록 대뇌가 더욱 활성화되어 기억력이 향상되고 사고력도 증진된다. 그래서 두성은 노약자에게는 치매의 예방이 되고, 일반인들에게는 '뇌 건강'이라는 축복을 듬뿍 받는다.

더 나아가 두성은 머릿속 복잡한 혈관과 신경계에 음파의 공명으로 내부 진동을 일으킨다. 나이가 들수록 죽어가는 모세혈관이 살아나고 신경계통이 활성화된다. 이것이 외과의의 정밀수술이나 약으로 가능한 일이겠는가? 두성으로 뇌 기능이 회복되고 노화가 억제되며 피부는 탱탱해지고 머리털도 왕성하게 자란다. 이것이 바로 진시황제가 찾아 헤맸던 그 불로초(不老草)가 아닌가! 결국에 수명의 연장까지 이어진다. 바로 이것이 성악가라면 반드시 느껴야 하는 두성의 세계이다.

인두강 공명과 복성(흉성)의 백파이어

앞의 그림에서와 같이 인두강은 성대 가까이 목구멍에 위치하며, 저음을 발생하는 공명강이다. 구조적으로 흉성이 먼저 발성된다.

'흉성'이 뚫리는 순간, 가슴이 울리며 소리의 볼륨(성량)이 갑자기 커지고 복부가 웅장해진다. 그래서 **'복성(腹聲, 뱃소리)'**이라고도 한다. 흉성의 공명으로 배 속 깊은 곳에 숨겨진 에너지샘(단전, 코어 부분)의 빗장이 열려 배 힘이 용솟음친 것이다. 단전 호흡에서 느끼는 복부의 온기(溫氣)와 같다. 여기서 말하는 배 힘은 일반적으로 '힘을 쓰기 위한 배 힘'과는 사뭇 다르다.

외부에서 배 힘을 쓰려면 시동을 위한 힘이 필요하고, 배 힘을 사용한 후에는 쓴 것만큼 맥이 빠진다. 성악에서 횡격막 호흡(복식호흡)으로 배 힘을 강제로 작동시켜 복부가 울리는 뱃소리의 발성 시도는 매우 위험하다.

구강과 비강, 인두강은 소리의 울림을 만드는 공명강(共鳴腔)이지만 한쪽이 열려 있는 터진 공간이다. 이들 공명을 위한 배 힘의 강제 구동은 힘의 과다 노출과 에너지의 다량 유실로 이어져 끔찍한 기(氣)의 허약(면역력 급감) 상태가 발생하고 성대가 크게 다칠 우려가 있다. 큰 성량의 추구와 더 높은 고음과 더 낮은 저음 발성을 위해 성악가들이 복식호흡의 배 힘을 이용하다 낭패를 보는 수가 허다하다. 성량은 연구개를 펴면 되고, 고음은 두성으로, 그리고 저음은 복성이 잘되면 모든 것이 쉽게 해결이 된다.

따라서 여기의 복성은 흉성을 통하여 저절로 발성되도록 유도하여 힘을 들이지 않고 배 힘을 발동시킨다. 저절로 생긴 배 힘에 음이 일단 올라타면 소리가 갑자기 부드러워지고 오히려 힘이 붙는다. 더 낮은 영역의 저음 발성도 가능해진다. 이 기운은 순식간에 퍼져 온몸이 가뿐해진다. 아플 때 저절로 나오는 '끙끙'거리는 소리가 복성과 유사하고 '끙끙'거리며 앓다 보면 몸이 저절로 나아지는 원리와 유사하다.

복성으로 복부가 울리니 위장이 튼튼해지고, 복성으로 가는 길목에 흉성도 있어 가슴까지 울려주니 심폐기능이 강해진다. 노래하면서도 피로가 회복되고 몸의 컨디션이 개선된다. 원기 회복에 신통한 묘약이 아닐 수 없다.

나는 이 실험을 위해 35도의 무더위 속에서 그냥 걷기도 힘든 상황을 골라 흉성과 복성으로 노래하면서 등산을 여러 번 실시했다. 다만 체중이 조금 줄었을 뿐 아무 이상이 없었다. 다이어트를 원하는 사람들한테는 오히려 희소식이 아닐까!

흉성이 지나가는 인체 내부의 길목에서 공명과 진동으로 새 기운이 폭발하니 참으로 놀라운 사실이다. 영양제 주사나 약물, 마사지 효과와는 비교될 수가 없다. 부작용도 없는 것 같다. 복성의 백파이어 기능은 고음의 노래를 안정되게 하며 비교적 낮은 음에서도 비강으로의 진입이 가능하도록 도와준다. 이런 복성은 고관절과 어깨 강화를 위한 코어 운동에 버금갈 정도로 힘이 있다.

흉성(복성)의 발성은 성악가로서 맨 처음 해결해야 할 과제이다. 이 기술은 저음 영역뿐 아니라 중음과 고음 영역에서도 매우 유용한 기능을 발휘한다. 또한, 성악의 기본 음정(기본 주파수)을 안정시켜 목소리의 떨림을 억제한다. 두성에 비하면 발성이 쉽고 일반 대화에서도 바로 그 효과가 나온다. 복성의 첫 경험을 위해 '도' 아래 '라(A2)' 정도의 저음이 무리 없이 구사되면 좋겠다. 물론 숙련이 되면 고음에서도 복성을 구사할 수 있다. 주의할 점은, 외부의 힘으로 직접 배 힘을 구동시켜 노래하면 안 된다는 것이다. 힘의 과다 노출로 인한 부작용이 생길 수 있고, 성대에도 큰 무리가 갈 수 있기 때문이다.

횡격막호흡의 역동성과 매력

    생명과 관련하여, 성악이 가진 또 하나의 큰 특징은 '**횡격막 호흡**'이다. 가곡은 일반 가요와는 달리 악보에 제시된 음정과 박자, 복잡한 부호 등을 반드시 지켜주어야 하므로 일반 호흡으로는 감당할 수가 없다. 즉, 빠르게 숨을 들이켜서 끝까지 버텨내는 긴 호흡(폐활량)이 필요한 것이다.

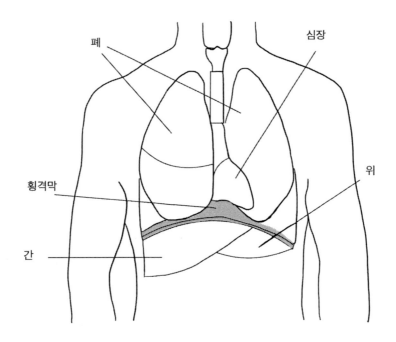

횡격막은 심폐기관과 장(腸)기관 사이를 가로질러 붙어 있으며 마치 고무판과 같은 기능을 하는데, 호흡에 따라 상하로 움직이면서 심폐기능과 장(腸)기능을 24시간 활성화시켜준다. 특히 밤에 잠을 잘 때에는 횡격막이 스스로 작동(복식호흡)하여 피로와 숙취를 말끔히 씻어주고 건강을 회복시켜준다. 횡격막은 인간 수명을 지탱해주는 버팀목인 셈이다.

성악은 이 횡격막을 역동적(다이나믹)으로 이용한다. 빠른 들숨(들이키는 숨)은 횡격막이 아래 방향으로 눌려 위장을 자극하여 장(腸)기관을 튼튼하게 하고, 버틸 때의 날숨(내뱉는 숨)은 횡격막이 위 방향으로 올라와 심장과 허파를 자극하여 심폐기관을 건강하게 이끈다. 이 얼마나 놀라운 메커니즘인가!

그러나 횡격막호흡을 실제로 해보면 그 원리처럼 간단하지만은 않다. 이것은 하루아침에 해결되는 문제가 아니고 끊임없는 노력과 많은 숙련이 필요하다. 들숨의 경우에는 리듬을 타야 하고 노래와는 템포를 맞춰야 하며, 날숨의 경우에는 끝까지 버텨내는 참을성도 길러야 한다. 애써 모은 폐활량도 작은 부주의로 순식간에 증발되는 경우가 있다. 폐활량을 관리하는 특수 기법이 필요하다.

이상에서 살펴본 바와 같이, 성악은 듣는 것도 좋지만 자기가 노래를 불러서 두성과 복성을 느끼고 횡격막호흡이 주는 건강까지 챙긴다면 이 이상 좋을 것이 없는 것 같다. 두성은 반드시 고음이 아니라도 가능하고, 복성 또한 반드시 저음이 아니라도 가능하다. 전문의(專門醫) 없어도 잘만 돌아가는 횡격막의 위대한 기능들…! 이것이 이 글을 쓰는 이유이다. 내가 경험한 15년의 시행착오 경험을 통해 터득한 노하우를 다음 Ⅱ장(章)에서 공개한다. 그동안 나의 성악 연습은 내가 안고 있는 고질병들과의 육탄전이었다.

성악은 미용·건강·수명에 매우 긍정적!

성대는 지상 최고의 악기로 평가되며, 누구나 성악을 시작할 수 있다. 휴대도 간편하고 돈도 한 푼 들지 않는다. 조상님의 거룩한 은혜로 받은 이 훌륭한 악기를 일생을 통하여 말하는 데(중성)만 주로 쓰고 고음은 싸움할 때, 저음은 한숨지을 때만 사용하면 아깝지 않은가?

인체공학적인 측면에서 본 성악의 힘은 참으로 대단하다. 전술한 바와 같이 신비의 광대뼈는 피부 미용의 결정판이었고, 두성의 세계에는 치매를 예방하는 특효약이 있고 노화를 방지하는 불로초(不老草)도 있다. 복성의 매력에는 피로 회복과 정력강장제가 있고 횡격막호흡에는 인체 수명과 직결되는 심폐기능의 강화가 있다.

따라서 성악은 그 음악적인 향기 이외에 미용·건강·수명에도 매우 긍정적이다. 수술의 손이 미치지 않는 깊숙한 곳까지 벽을 뚫고 소리의 공명이 전파되니 참으로 좋은 예방의학이다. 치매와 암의 공포로부터도 어쩌면 해방될 수 있다. 이제 성악이 왜 내 생명이 되었는지 명확해졌다.

일반적으로 사람은 변성기를 거치면서 남자의 음성은 여자보다 한 옥타브 정도 낮아져 여성은 고음으로, 남성은 저음으로 굳어진다. 여성의 수명이 남성보다 4~5년 길고 대신 남성이 여성보다 힘이 센 것은 여성은 두성에 가까운 고음이, 남성은 복성에 가까운 저음이 습관화되었기 때문으로 여겨진다.

두성의 발성과 복성의 발성을 동시에 사용하면 힘세게 오래 살 수 있지 않을까? 성악의 연주도 자동차의 자동속도조정(크루즈컨트롤)처럼 힘이 들지 않고 기분 좋게 진행된다.

그렇다면 유명 성악가들은 어째서 보통 사람보다 단명했을까? 백 년에 한 번 나올까 말까 했던 세기의 카루소는 40대에 생을 마감했고 검은 수염에 큰 덩치, 비강 공명과 폐활량의 최고봉 파바로티는 현대 의학의 놀라운 발전에도 왜 72세도 넘기지 못하고 돌아갔을까? 왜 저음 가수 배호와 최중락이 요절했을까? 이분들은 모두 치열한 무대의 경쟁에서 일인자로 등극하였고, 유명세로 인한 잦은 무대 출연과 그로 인한 과로에서 기인한 것이 아닐까? 혹시 복부 힘의 오용으로 인한 부작용은 아닐까? 테너 가수는 두성을 너무 과용하고 저음 가수는 복성에 너무 많이 의존했기 때문이 아닐까?

에너지 측면에서 보면, 성악은 정지 상태에서 짧은 시간에 많은 에너지를 만들어내야 하며 짧은 시간에 그 에너지를 소진하는 중노동 예술이다. 한 시간의 성악 연주가 무거운 짐을 운반하는 막일꾼의 8시간 중노동과 맞먹는다고 한다. 절대로 과유불급이다.

아쉬운 일이지만 더 안타까운 것은, 그분들의 발성 기법과 기술적 노하우 그리고 연습 방법 등 기록 자료도 없이 고운 음성만 남기고 가버렸다는 점이다. 한 시대를 누비던 유명한 성악가들이 노년기에 접어들면 성악을 포기하는 사례도 많다 (젊을 때 골프를 잘 치던 사람들이 나이가 들면 골프를 포기하는 예와 같다).

바로 여기에 힘이 아닌 기술로 쉽게 두성과 복성에 접근하고 도달하는 내 나름의 방식을 공개코자 하는 것이다. 모든 이에게 유용한 소식이니 감히 '복음'이라는 문자도 썼다. 많은 사람들이 성악을 즐기면서 오래 건강하게 살기를 기대하면서, 파바로티나 마리아 칼라스 같은 훌륭한 성악가가 많이 나오길 꿈꾸어본다.

3. 성악의 역사와
현주소

...

    성악은 기원 4세기경에 성가대나 수도단 합창 위주로 성당에서 시작되었다. 신비한 두성의 소리에 사람들이 감동하여 성당으로 몰려와서 신심을 키웠다. 성당에서는 이 성악의 비법을 절대 비밀로 하여 그 후 수백 년 동안 베일에 가려져 있었다.

    11~12세기에 유행했던 합창과 중간 음역 위주의 교회음악에서 탈피하여, 독창적 재능과 기량을 드러내는 성악이 민중으로부터 인기를 누리게 된다. 이때부터 고명한 스승의 문하에 들어가 개인 지도를 통하여 성악 비법을 전수하는 전통이 생겼다.

    17~18세기에는 오페라가 고급의 극장 문화로 자리 잡아 벨칸토의 전성기를 맞는다. 이때에는 대교사를 찾아가 사숙하고 사사하는 방식으로 발성법과 창법을 전수받는다.

20세기 성악의 황금시대가 도래하여 오페라와 함께 수많은 명가수가 배출되었다. 음악대학이 우후죽순으로 생겨도 핵심적인 노하우는 공개되지 않고, 음대를 졸업하면 해외의 좋은 선생님을 찾아 문하생이 되고 도제식 교육을 받는다.

미디어 세계가 급변하였다. 확성기와 TV, 라디오 디스크 등 중간 매체로 밀려오는 대중음악의 물결에 성악은 점점 묻혀갔다. 학교의 음악 교육도 침체되고 성악의 무대가 줄어들고 작곡의 활동이 위축되어 성악가들이 설 자리가 좁아져버렸다. 오히려 성악가들이 가요무대로 뛰어들어 성악을 '가요식'으로 부르는 처지가 되었다(참고: 조풍상, 『성악가의 길』).

그래서 오늘날 성악의 맥과 정통성은 사실상 교회가 다시 주도하고 있는 셈이다. 교회에는 언제나 좋은 음악이 있고 무대가 있다. 목사님들의 성악 실력은 상당하다. 교회마다 성가대 합창단의 활동이 왕성하고 주요 예배의 한 축을 담당한다. 교회가 날로 번창하는 이유 중의 하나는 아마도 합창과 교회음악의 발전이다. 60세 이상은 합창단에 낄 수도 없다.

한편 불교에서는 기원전 오래전부터 염불이 있어 예배 의식의 근간을 이루어왔다. 염불은 악보가 없지만, 스님들의 선창과 목탁의 장단에 맞춰 강약으로 신도들과 합창하는 저음 행진곡이다. 놀랍게도 여기저기서 복성이 유도되어 법당은 곧장 에너지(氣)로 충만하게 된다. 스님들은 복성 발성의 전문가이다. 이와 같이 대형 종교에서 성악의 진수를 적극적으로 활용하니 세상은 더욱 활기가 가득하다.

4. 성악의
시작

...

    나는 성악에 대한 정규교육을 전혀 받지 못한 공학박사 출신이다. 성악의 개인 레슨도 받아본 적이 없다. 나는 원래부터 테너 재량도 되지 않았다. 우선 목이 길어 고음 발성에 불리하여 솔(G4) 발성이 되지 않았고, 완전 틀니라서 입을 크게 벌릴 수도 없어 항상 발음과 성량에 문제가 있었다.

    심한 당뇨와 스트레스, 과로로 내 몸이 죽어가던 20년 전 회갑 때 미국서 온 딸 정연이의 권유로 성악 CD 1집 '감동과 낭만'을 만들게 되었고 내친김에 성악 CD 2집 '열정의 소리'를 만들게 되었는데 곡 모두를 유명한 이탈리아 가곡과 인기 있는 아리아(오페라 주곡)들로 선발하였다. 일반적으로 이탈리아 가곡의 음정이 한국 가곡보다 높고, 아리아들이 이탈리아 가곡보다 높다. 고음에 가까이 접근하려는 평소의 집념과 소망 때문이다.

CD 2개가 나오니 주위의 사람들이 내가 이탈리아어를 잘 하는 줄 알고 있으나 사실은 아직도 이탈리아어를 전혀 모른다. 곡이 만들어지는 과정을 보면, 작곡가는 시나 가사의 내용에 음(音)을 구현해서 작곡하였고 성악가는 그 악보대로 분위기와 감정을 살려 불렀으므로 나는 그를 따라 부르며 그 분위기와 감정에 빠져들면 저절로 그 시나 가사가 비슷하게 재현되는 것이라고 하였더니 이탈리아 유학생이 탄복하더라.

누구나 해보면 가능한 일이다. 그래서 성악을 가장 발달된 세계 공용어라고 한다.

성악의 발성 비법은 아직도 여전히 베일에 싸여 있다. 그것도 1,000년이 넘는 베일이다. 발성 기법에 관한 책들은 그저 일반론일 뿐, 핵심적인 노하우는 기술되지 않는다. 그래서 유명 성악가들의 음반을 들어보고 '필'이 오는 것만 골라 무조건 따라 부르기 시작했다. 처음엔 아리아 곡이라도 유행가 식으로 불렀고 점차 그 성악가를 닮아갔다. 문제는 악보를 찾는 것도 만만치가 않았다는 점이다.

이제 내 음반이 나왔으니 체면상 성악 독창회를 소규모로 열기로 했다. 2005년 12월 대전시민천문대에서 가까운 친지와 친구들을 불러 '별자리음악회'를 열었다. 놀랍게도 다음

날 동아일보(지명훈 기자)에서 "열정의 老교수 '하이C'를 넘었다"라는 제하의 대서특필 기사가 나왔다. 역시 동아일보 문화면의 영향력과 그 충격파는 컸다.

바로 이때 나폴리 현지 유명 마에스트로 Pina Radicelli가 나의 첫 번째 CD를 전해 듣고 분에 넘치는 극찬과 함께 이탈리아 방문 독창회를 희망하고 기다린다는 글을 인터넷 신문에 올렸다. 알고 보니, 내 CD를 만들어준 김성준 사장이 여러 이탈리아 친구들에게 사업가로서 그의 첫 작품을 소개한 것이었다. 그는 세계적으로 유명한 바리톤 성악가의 문하생으로 들어가 도제식 훈련을 받았고 성량이 매우 풍부한 정통 성악가 테너이다. 귀국 후 직장과 무대가 아직 준비되지 않아 CD 음반 제작 사업(이탈리아와 협력)을 처음으로 시도해본 것이었다.

그래서 급기야 이탈리아 독창회를 준비하여 성악의 본고장인 나폴리에서 선을 보이게 되었다.

이탈리아 현지의 공연에서는 크게 호평을 받았다. 현지 방송국에서 갑작스런 인터뷰와 함께 공연 상황을 중계 방송하였다. 나폴리 해변 멋쟁이 성당의 콘서트홀에서 현지 피아니스트의 반주로 주로 하이C 위주의 아리아 고음 9곡을 1, 2부로 나눠 연주 행진을 하였다. 마이크 장치가 없는데도 자연 음향 시설이 너무 좋아 별로 힘들이지 않고 잘 넘어갔다.

앙코르곡으로 베수비오 화산 주제의 나폴리 가곡 '넌 울지 않고'를 불렀더니 청중들은 열광했고 무대로 뛰어 올라와 나를 안고 긴 턱수염을 내 얼굴에 비벼댔다.

이탈리아 공연을 마치고 귀국하니 한국의 신문, 잡지, 방송에서 야단이 났었다. 그 어려운 아리아 곡을 성악 비전공 노인네가 그것도 나폴리에서 했다고! 당시의 분위기로 봐선 다시 한국에서 성악 독창회를 하지 않을 수 없었다.

성남아트센터의 큼직한 콘서트홀을 잡아놓고 이번에는 피아노 반주 2인 외에 바이올린, 비올라, 첼로를 추가하였으며 우리 가곡 3곡에 카루소 원곡과 라보엠 등 소프라노와 같이 협연하는 프로그램을 만들었다. 콘서트 명칭을 카루소 원곡을 무대에서 연주하는 '카루소 콘서트'로 명명하면서 국내 저명 음악 교수 10여 명을 VIP로 초빙하는 등 있는 배포를 다하여 콘서트를 준비하였다.

실제 해보니, 기획사의 도움이 없이 혼자 실행하기는 너무 바빴다. 독창회 직전까지 동분서주하다가 막상 가장 중요한 그 콘서트홀의 그 마이크와 친해질 시간을 갖지 못했다.

사회자가 불러 무대에 올라서니 맨 앞줄의 VIP석은 통째로 비어 있었고 마이크마저 너무 생소했다. 순간 나도 모르게 목에 힘이 들어갔다. 젖 먹던 힘까지 다하여 대형 실수는 면했지만, 성악은 이렇게 하면 안 되는 것! 성악은 목에 힘 들어가면 되는 일이 없다(골프의 첫 홀 어드레스부터 어깨에 힘이 들어가면 18홀 전부 망친다).

　끝나고 나서 보니, 돌이킬 수 없는 실수에 기가 차고 아쉬웠다. 외국 노래는 이해하기도 힘든 판인데 연주자가 악을 쓰는 모습까지 보였으니 창피하고 미안했다. 그 길로 두문불출 방송국의 인터뷰 요청도 사양하고 숨어버렸다.

5. 천년의 베일을
벗겨내자!

...

    무대 체질이 아닌 나와 같은 서생에게 무대에서의 연기는 너무 어려웠다. 그래서 내 노래를 들려주고 감동을 주려는 무대의 성악은 아예 포기하고 이제 다른 길을 찾아 나서자고 결심하였다.

    무서운 결심이지만 1,000년의 베일에 갇혀 있는 성악의 비밀을 풀어보기로 작정했다. 카루소나 파바로티도 나와 똑같은 인체 구조를 가진 사람이 아니었던가? 여하한 상황에도 음정의 높이에 관계가 없이 부드러우면서 힘 있고 매끄럽게 발성되는 이상적인 육성이 분명히 내 안에도 존재한다고 믿었다. 그 참다운 목소리를 찾아보자!

    마치 '참나'를 찾기 위한 수행자의 참선처럼 진정한 나의 '참 목소리' 찾기에 나선 것이다. 이것이 15년 전 일이었다. 내가 찾고자 했던 그 참 목소리는 아마도 다음과 같은 목표 설정으로 구체화된다.

목표는 (놀라지 마시라) 성량은 폴 포츠, 고음은 보첼리, 저음은 최정명, 폐활량은 파바로티, 파워와 박력은 호보로스토프스키, 부드러움은 김동규, 매끄러움은 마리아 칼라스다.

이 목표를 위해 내 목청을 연구 실험 대상으로 하여 발성과 공명 그리고 호흡 등 연습 수련을 하는 것이다. 이때 피아노 레슨도 받기 시작했다.

저음 연습곡은 저음 개발을 위해 고안한 것으로, 낮은음에서 출발하여 더 낮은음으로 발성해간다. 이때 모음 중 '오'와 '에'를 이용한 '보레이~' 가사로 성대 밑바닥으로 하향 접근하며 소리를 한 음씩 파서 퍼 올린다.

고음 연습곡은 아리아와 가곡 중 발성하기 어려운 고음 부분만을 발췌하여 5분짜리 성악 연습곡을 편집하였고 매일 하루 15분 정도 무리를 하지 않고 연습해나갔다. 성대 스트레칭과 목의 릴리스 그리고 목 가글과 충분한 호흡운동부터 먼저 하고 시작했다.

내가 만든 성악 연습곡

■ 저음 연습곡(2회)

배꼽 '도' 한 옥타브 아래의 '도'부터 시작, 도레(보레이~) 시도(보레이~)
… 도레(보레이~)

■ 고음 연습곡(1회만)

빈체로 빈체로(네쑨도르마)

포이케 포이케 바프레 조스탄자 라아스페란자(라보엠)

알미오 솔펜 지엘 세이투 토스카 세이투(토스카)

세레스타밀 콜 세라 몰 두난졸미 래스타(데셀르토 인테라)

아모르 아모르 아아모르(라보엠)

알라르미 알라르미 알라르미(디퀠라 피라)

아 리디 파리아초 술투아 모레일 프라토(팔리아치)

아 디롤 모롤 디 모롤(마파리 투타몰)

키손 키손(깨재리다 마니나)

나다 시리어리괄 눈까마(솔로 하이우나)

셈 프레소냐르 프레몬기아 넬라니마(오소아베 판치올라)

지나고 보니 효과는 좋았으나 매우 위험한 연습 방법이었다. 발성 연습도 제대로 하지 않고 노래 앞부분 다 빼고 하이 C 소절로 바로 시도했으니 아찔할 일이었다. 그러나 시간 절약과 하루도 빠짐없는 매일 일과로 하기 위해서는 이렇게 아침 일찍 식전을 이용할 수밖에 없었다.

대신에 안전조치로 가글로 구강 청소를 하면서 호흡운동을 곁들인 것이다. 즉, 가글액을 입에 물고 들숨 크게 시작하여 하나에서 200까지 헤아릴 때까지 날숨을 참는 것이다. 이것을 3회 반복하였다. 물론 처음에는 잘 안되었지만, 시간이 지나니 되기 시작했다.

나는 처음에 이것이 위험한 짓인 줄 알았는데 오히려 내 몸 건강에 큰 도움이 되었다. 바로 횡격막의 역동적인 호흡 작용 때문에, 숨을 참을수록 심폐기능이 좋아지는 것이었다. 바로 이 호흡 때문에 아침에 무리한 연습이 가능했던 것이었다. 그래도 조심하고 무리하지 않도록 했다. 이 고음 발성이 실패해도 두 번 이상 연습하지 않고 다음 날로 미루었다.

고음 발성 시에는 성대 주위의 근육과 신경이 비상 상태에 들어간다. 충분한 릴리스가 없는 발성은 대형 사고로 이어진다. 잠을 깬 후 2시간 전에는 여하한 발성 연습도 하지 말라고 성악 교과서에도 나와 있다.

성악 연습곡! 매일 하는 성악 연습이지만 할 때마다 소리가 다르다. 비록 음정은 같아도 오늘의 '빈체로' 소리는 내일의 빈체로 소리와 다르게 느껴진다. 하이C 고음은 잘 통과되는데 팔리아치 곡의 라(A4)에는 아직도 걸려 고생이다.

나의 성악 연습곡은 아리아의 클라이맥스만 발췌한 것이므로 매일 도전하니 언제나 새롭고 맘이 설렌다. 그날의 컨디션에 따라 어떤 날은 잘되기도 하고 어떤 날은 엉망으로 망가진다. 그것은 발성 자세의 문제일 수도 있고 호흡의 문제일 수도 있고 입안의 공간 확보 문제일 수도 있다. 그날 성악이 잘 안되는 이유는 (골프만큼이나) 부지기수이다. 중요한 것은 성대가 생각보다는 훨씬 약하고 단전의 에너지 샘도 항상 남아도는 것이 아니라는 점이다. 과유불급! 아껴 쓰고 관리를 철저하게 해야 한다.

유명한 일화가 있다. 이탈리아의 전설적인 테너 마리오 델 모나코는 무대 공연이 있기 이틀 전부터 말을 하지 않으며, 공연 후 이틀 동안은 아무 일도 않고 그냥 쉰다고 했다.

성대를 잘 관리하는 것은 성악가의 지상 과제이다. 따라서 성대를 가장 적게 아껴 쓰면서 더 좋은 소리, 더 큰 소리를 내는 것이 연습의 목표가 된다.

많은 성악인들은 성대 보호를 위해 소금물을 가글용으로 사용한다. 소금물을 입에 넣고 뱉을 때는 코로 그 소금물을 빼낸다. 소금물이 성대를 스쳐 가면서 열기를 식히고 소독이 된다는 개념인데 번잡하기도 하고 아무래도 꺼림칙해 보인다.

나는 소금물 대신에 리스테린(나의 스폰서 아님)를 한 모금 입에 넣고 가글하면서 호흡운동을 한다. 하나부터 시작하여 200을 헤아릴 때까지 날숨을 참아내는 것이다. 그대로 계속 3회를 한 다음에야 뱉어낸다. 잠자기 전에는 100회 정도로 줄인다. 바로 횡격막호흡이다. 이 횡격막호흡은 성악 연습곡 시작 전 준비운동이며 심장과 위장을 튼튼하게 하기 위한 스트레칭이다. 나는 아침 식전에 리스테린만을 가지고 많은 질병과 이렇게 백병전을 치른다.

성악을 하는 사람들의 한결같은 꿈은 긴 호흡과 큰 폐활량이다. 바로 이 방법은 성대 보호는 물론, 호흡량을 늘리고, 심폐기능도 강화시키는 일석삼조의 유쾌한 효과가 있다.

6. 성악의 맥(脈):
두성과 복성을 향하여

...

    앞서 인체공학적 측면에서 본 성악의 매력을 두성과 복성, 그리고 횡격막호흡에서 살펴보았다. 성악은 그냥 듣기보다는 직접 부르는 것이 내 몸의 건강 수명에 큰 보탬이 된다.

    향후 성악의 전개 방향은 어떻게 될까! 성악의 발성 추세 행태도 유행을 따라 변천한다. 18세기 오페라 전성시대에는 성악가의 성량(볼륨)이 최고의 가치였다. 전설의 카루소가 노래를 시작하면, 탁자 위에 놓인 물컵에서 물이 덜덜 떨었다고 전해진다.

    그러나 마이크가 등장하고부터는 소리의 크기(성량)보다 소리의 높이(고음)로 그 가치가 이동한다. 가요를 부르는 가수들도 성악의 멋을 따라 고음 발성으로 노래하며 유행이 되었다. 메탈 음악의 멋을 따라 속도도 빨라졌다. 이제는 가요도 일반 대중이 따라 부를 수 있는 한계를 넘어섰다.

성악의 고음 추세는 바람직하지만, 위험한 요소도 내포하고 있다. 얼핏 잘못하면 음 이탈을 유발하며 청중에게도 부담을 준다.

그래서 고음의 발성 이전에 두성의 발성 연습을 적극 권장한다. 파바로티처럼 숙련이 되면, 비교적 낮은 음(중고음)에서도 두성 발성이 가능하며, 코렐리처럼 두성을 이용하면 바리톤에서 하이 테너로 쉽게 성공적 전환을 할 수 있다. 두성에 진입되면 초고음으로 통하는 고속도로가 쉽게 연결된다. 성대에 힘이 들지 않아 발성이 자유로워지며 가요의 장점인 가사 전달에 신경 쓸 여유도 생겨 감정의 전달도 용이해진다. 또한, 음의 떨림 현상(비브라토)이 현격히 줄어들어 청중에게 부드럽고 안정된 고음이 선사된다.

성악의 또 하나의 맥은 복성에 있다. 여태 이 복성은 바리톤이나 저음 가수의 전유물처럼 여겨져왔다. 그러나 성악의 진면목은 힘이 실리고 안정된 중저음의 발성에 있다. 확실한 저음 발성은 복성이 해결해준다. 복성이 발성되면 저음으로 내려가는 넓은 신작로가 활짝 열린다. 파워와 박력이 생김은 물론, 중저음에서도 비강으로의 진입이 쉬워진다. 비브라토도 몰라보게 줄어서 안정된 저음이 구현된다.

성악도 이제는 변화를 멈출 수 없다. 성악의 음역 구분도 모호해지고 가요와 가곡의 구분도 애매해지는 성악의 퓨전 시대가 기다리고 있다.

향후 성악의 성취 여부는 두성과 복성의 발성 기법에 달려 있다. 세기의 소프라노 마리아 칼라스는 저음, 중음, 고음 모두에서 안정되고 매끄럽고 힘차다. 아마도 두성과 복성의 마술사였음이 틀림없다. 너무 뒤늦게 알게 되었지만, 나는 지금 두성과 복성의 도움 없이는 국산 가곡 한 곡도 제대로 부르지 못한다. 힘이 없어서 말이다.

나는 평생 스트레스와 과로에 시달려왔다. 전공을 여러 번 (전기공학사 → 원자력공학석사 → 기계공학박사 → 컴퓨터프로그래밍 교수) 바꿔야 했고, 직장도 여러 곳(금성통신주식회사 → 조달청 사무관 → 과기처 과장 국장 → 주오스트리아대사관 과학관 → 청와대 과학비서관 → 국립중앙과학관장 → 충북대 초빙교수 → 한밭대 교수)을 거치면서 무거운 보직을 맡았다. 그래서 많은 질병을 얻게 되었나 보다.

오늘도 어김없이 '빈체로'부터 나의 일과가 시작된다. 내 기억으로는 지난 15년 동안 한 번도 걸렀던 적이 없다. 방학이 되면 외국에서 오는 꼬마 손녀들 수아와 진아가 내 뒤를 따라다니며 '빈체로~ 빈체로~' 흉내 내며 놀려대던 게 엊그제 같은데 수아는 벌써 대학 졸업반(카네기 멜론)이 되었다.

　이 원고가 끝날 무렵 손녀 수아가 왔다. 이 원고의 그림을 수아가 직접 그려 넣었다. 때마침 딸 정연(IMF 근무)이도 왔다. 내 자서전의 내용과 주제가 방만하다고 지적하였고, 자서전의 영문 이름도 지어주고 갔다. 그래서 자서전의 전체 내용을 아우르며 책의 개요를 요약한 박스 글(이 책의 서문)을 추가하였다. 문단 정리 등은 조카 김정희 소프라노(국문학 전공 피부과 의사)가 말끔하게 마지막 손질했다. 화룡점정(畵龍點睛)이다.

별☆음악회

- 2005년 12월 3일 대전시민천문대

Concerto per Canto Lirico

- 2007년 1월 29일 이탈리아 나폴리

카루소 콘서트

- 2009년 2월 13일 성남아트센터

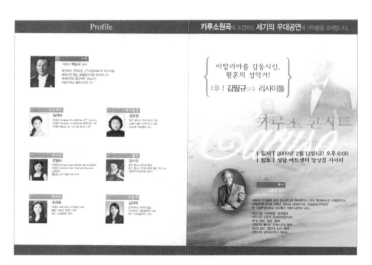

l'eco del sud

MESSINA SERA *on line*

Lunedi, 30 Maggio 2005 ore 17:16

Direttore responsabile: Carmelo Garofalo

IN ITALIA IL TENORE COREANO: KIM PIL KYU

ANNO XLVIII n. 6

III - 193° on line
del
21/05/2005

di Pina Radicella

ARCHIVIO

Il tenore coreano Kim Sung Jun, ormai italiano d'adozione, oltre a dedicarsi al concertismo, al management, alla discografia ed alla comunicazione in senso ampio, è sicuramente un vero talent scout.

Tornato in Italia in aprile, per l'inaugurazione dell'Università della Terza età di Bovalino presieduta dalla dottoressa Concettina Audino, cui hanno partecipato altri quotati Artisti, tra cui la delicata e virtuosa flautista Daniela Mirabelli - in duo con il pianoforte della scrivente nell'esecuzione di brani strumentali e nell'accompagnamento ai classici napoletani interpretati dallo stesso Kim Sung Jun -, la poetessa dell'Eros Bruna Filippone, oltre ad illustri personalità del mondo accademico ed istituzionale, il vulcanico Sung ha portato con sé un Cd dal titolo *Il mio passione*. Interprete il cantante Kim Pil Kyu, professore all'Università di Hanbat (Corea del Sud), appassionato di Lirica e di Canzone napoletana. Da circa 40 anni è dedito al suo nobile hobby. Non conosce la Musica, nè la lingua italiana, nè il napoletano che tanto lo affascina.

http://www.ecodelsud.it/193_initalia.htm

Nell'interpretazione dei brani c'è una tale compenetrazione ed un travolgente pathos che lascerebbero pensare ad un'ottima comprensione del testo. Magia della Musica e della Universalità inconfondibile che la caratterizza!...

La filosofia musicale dell'encomiabile interprete è senza ombra di dubbio integrata alle sperimentate azioni benefiche di cui parla la Musicoterapia.

Kim Pil Kyu, infatti, ritiene che la Lirica costituisca un'ottima cura naturale per il benessere e l'efficienza della mente.

Sul piano fisico, trova nel canto – inteso come totalità di fasi che vanno dalla costruzione dei suoni nella testa all'emissione corretta degli stessi con l'articolazione delle sillabe testuali - un massaggio al cervello stesso.

I suoi due figli sono stati educati all'ascolto della Musica Classica e Lirica.

La professione, però, li allontana molto dall'Arte dei Suoni. Entrambi grossi calibri nel settore delle multinazionali, lavorano in America l'uno come dottore economista della I.M.F., l'altro come manager della Gillette.

Il mio passione, naturalmente errato, in italiano, mi è sembrato un titolo da tenere in considerazione. I coreani, infatti, non fanno uso dell'articolo né contemplano i generi. Pertanto, cade la differenza tra il mio e la mia passione.

Di grande tenerezza, rappresenta un sincero omaggio alla canzone italiana, napoletana ed all'opera lirica, annidate in un unico ideale da sempre custodito come sogno nel cassetto divenuto realtà.

Il primo lavoro discografico, per il nostro Kim Pil Kyu, che certamente avrà un seguito discografico e concertistico.

L'Italia lo attende. Chissà che in estate non ci sia qualche gradita...sorpresa!

Reg, tribunale di Messina Reg. stampa n. 148 del 30 aprile 1958; iscritto con il n. 685 Reg. Naz. della stampa quotidiana e periodic (art. 8 legge 6-6-1963 n. 12) in data 21-12-1982 - Registro operato: della comunicazione n. 204 del 30 giugno 2001

Direttore editoriale: Grazia Freni
Condirettore editoriale: Michele Palamara
Consulente editoriale: Franco Falvo

Il nostro giornale è aperto a tutti coloro che desiderano collabora nel rispetto dell'art. 21 della Costituzione della Repubblica Italia che così recita: "Tutti hanno diritto di manifestare il proprio pensiero con la parola, lo scritto e ogni altro mezzo di diffusione non costituendo, pertanto, tale collaborazione alcun rapporto organico con il giornale stesso. Articoli, commenti, servizi, fotografie e materiale pervenuto al giornale, anche se non pubblicato, non viene restituito.

web master e web designer: Michele Palamara, Nicola Briuglia, Giovanni Puleio

email: info@ecodelsud.it

http://www.ecodelsud.it/193_initalia.htm

KBS 보도

– 출처: KBS 홈페이지

이탈리아 공연 후 신문 기사

il Torrese — Arte & Cultura

Anno 7 n. 17
27 aprile 2007

Musica e passione nel concerto alle falde del Vesuvio

Martedì 30 gennaio 2007, nella bellissima struttura di Villa Tiberiade, sita in via Prota a Torre Annunziata, si è tenuto un meraviglioso concerto per canto lirico che ha visto protagonista il tenore coreano Pil-Kyu Kim. L'esecuzione dei vari brani è stata davvero magistrale e il tenore, nonché docente universitario con la cattedra di informatica nella università della Corea del Sud, ha potuto coronare il sogno di arrivare a Napoli e cantare dinanzi ad una foltissima platea accorsa in massa per l'occasione. I brani scelti per il concerto erano dei più difficili in assoluto, ma ciononostante le interpretazioni, in particolar modo quella di "Cielo E Mar", tratto dall'opera "La Gioconda", e quella del "Nessun dorma", tratto dall'opera "Turandot" di Giacomo Puccini, hanno lasciato il pubblico a bocca aperta perché nessun tenore a quell'età è capace di cantare dei brani così difficili ed in rapida successione così come ha fatto il bravissimo Pil-Kyu Kim. Difatti, il tenore, data l'enorme passione, ha cominciato a studiare alla veneranda età di 60 anni, momento della vita in cui altri cantanti decidono di smettere perché ormai le corde vocali cominciano ad atrofizzarsi e a perder elasticità ed estensione. Lodevole quindi è la sua passione, perché dopo soli tre anni di dedizione massima alla musica, coadiuvato anche dal suo maestro Kim Song Jun, l'ha portato qui, nelle località partenopee, ad allietare il pubblico con la sua voce melodiosa e passionale, così come recita anche il titolo del suo lavoro discografico, "The Passional Voice", in cui si possono ascoltare anche brani non eseguiti nel concerto. Merito della riuscitissima serata è anche del maestro Pasquale Infausto, che ha avuto l'onore di accompagnare al pianoforte il tenore, e della riuscitissima organizzazione curata da Vincenzo Guida e Francesco Sorrentino, che in una settimana sono riusciti a preparare l'evento, ripreso anche dalle telecamere di Tele Torre. L'appuntamento quindi è per l'anno prossimo, perché il tenore Pil-Kyu Kim ha promesso di ritornare per allietare nuovamente con altri brani la platea che sicuramente foltissima gli si presenterà davanti per acclamarlo con lo stesso calore in un'altra sua performance canora.

PROGRAMMA

이탈리아 빼사로 오케스트라 협연

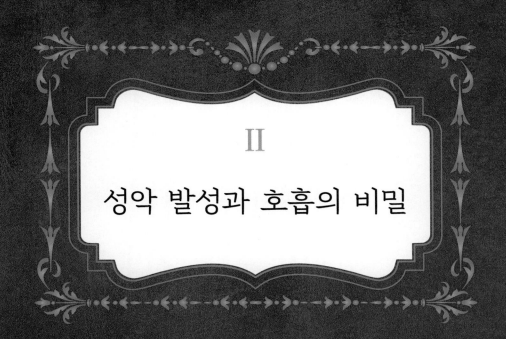

II

성악 발성과 호흡의 비밀

1. 두성으로
가는 길

...

두성으로 가는 길은 멀고도 험하다. 우선 고음(발성)을 만들어야 하고, 성구(聲口, 소리 구멍)를 찾아야 하고, 고음의 소리마다 다른 경로를 확인해야 하고, 비강의 출입구를 찾아 빠르게 진입시켜야 제대로 된 두성이 만들어진다. 또한, 이 두성이 계속 유지되어야 호흡이 길어지고 소리가 부드럽고 매끄러워진다.

물론 고음이 발성되면 일시적이나마 경로에 관계없이 두성 영역에 진입은 하지만 이것은 별로 큰 의미가 없다. 오히려 성대에 무리만 주고 힘만 잔뜩 써버리는 결과가 된다.

그래서 여기서 다루고자 하는 것은 성악을 노래하는 동안 내내 그다지 높지 않은 음에서도 계속해서 두성을 느끼게 하는 비법이다. 그러나 일단은 고음을 만들어놓아야 비강으로의 첫 번째 진입이 쉬워진다. 여성은 큰 문제가 없지만, 남성의 경우에는 변성기 이후 주로 낮은 음정에 습관화되어 있어 여성보다 고음 신호를 발생하는 성대의 앞 끝부분이 상당히 경직되어 있다. 이를 유연하게 해놓지 않고 고음 발성을 계속 하면 결국 음 이탈을 유발한다. 나는 여기서 참으로 많은 시행착오와 시간적 낭비를 했다(골프에서 어드레스는 아무렇게나 서서, 백스윙은 적당히 올리고, 다운스윙은 빠르게 팔 힘으로 내려친 후 피니쉬에서 중심을 못 잡고 비틀대던 과거 내 모습이 생각난다. 골프채는 새것이었지만 당시 가르쳐줄 코치도, 골프책도 귀했던 1980년대 초반이었다. 그래서 '두성으로 가는 길'은 골프의 다운스윙과 임팩트, '복성으로 가는 길'은 피니쉬와 릴리스, '호흡 대왕으로 가는 길'은 골프의 백스윙에 각각 대응하여 설명코자 한다).

고음 발성의 핵심

　고음이 만들어지는 구강 내의 장소는 의외로 성대로부터 가장 멀리 떨어진 경구개의 앞부분이다. 즉, 윗앞니와 광대뼈 근처에서 고음의 공명이 폭발한다. 목이 짧을수록 유리한 것은 당연하다. 따라서 고음을 발성하려면, 성대의 음파 신호가 중간에서 방해를 받지 않고 콧구멍 쪽으로 직격할 수 있도록 연구개의 쫙 펴진 힘과 윗입술과 코 주위 근육의 유연성이 절대적으로 필요하다. 따라서 고음(두성)의 발성 시동은 코 밑의 윗입술 부분이라야 하며, 코 주위 근육의 사용이 경직되지 않고 자유로워져야 고음(두성) 발성이 쉬워진다는 말이다.

　그래서 고음 발성의 가장 좋은 연습 방법은 입을 닫고 콧노래로 소리 내는 '허밍'이다. 연구개의 주름이 상향타격 발사각으로 퍼지고 윗입술이 유연하게 내려져서 소리의 비강 진입이 쉬워지고, 소리가 비강의 입구로 빨려 들어가는 느낌까지 있다면 대박이다.

성대 스트레칭

성대에 유연성을 주기 위해 성대 앞 끝 가장자리를 잡아당겨준다. 어떻게? 손으로? 아니다. 문 열 때 '삐익' 하는 소리를 **입을 닫고** 흉내내는 것! 허밍이다(너무 쉽다. 허밍은 완벽한 고음 발성법).

이것을 앞 방향과 뒤 방향으로 바꿔가면서 연구개의 강도를 점차 크게 한다. 그래도 옆 사람에게 잘 들리지 않는다.

이것은 많이 할수록 좋고 성대에 무리를 주지 않는다. 피아노 반주도 필요 없고 누워서도 가능하다. 고음 발성 연습 직전에 이용하면 그 효과가 좋다(골프 어드레스보다 훨씬 간단하다).

그러나 아직은 아니다. 이번에는 입을 열고 '삐익' 소리를 발성하는데 반드시 **위 송곳니에서 코끝을 향하여** 토출한다. 비강의 출입구는 콧구멍 쪽에 있는 좁은 문이므로 성대의 힘을 빼야 한다.

코끝에서 머리가 울리도록 연구개의 강도를 올린다. 옆 사람에게는 듣기 싫은 소리이지만 내 성대에 지장은 전혀 없다.

여성들의 흐느끼는 소리를 흉내 내면 좋다. 이 소리가 가성이냐 진성이냐에 시비가 있지만, 사실은 고음 발성의 기초다. 이 소리가 광대뼈에서 증폭이 되고 비강에서 공명이 되면 전부 진성이 된다(남성들의 흐느끼는 소리는 복성 쪽이다).

짧은 발성 연습

성대 스트레칭과 관련하여 유용한 목젖 관리 방법이다.

평상시에는 식사와 대화에 편리하도록 목젖이 아래로 떨어져 있고 발성 연습을 하면 목젖이 위로 올라온다. 고음과 두성의 발성을 위해 목젖을 빨리 올려놓는 방법으로서, 문 열때 '삐익' 하는 소리(허밍)를 **연구개에서 광대뼈 쪽으로** 흉내를 낸다. 목젖의 윗부분이 연구개이기 때문이다. 20분 걸리는 발성 연습을 20초에 끝낼 수 있는 비법이다. 짧은 시간에 코 근육의 사용도 자유로워졌다.

성구(聲口) 찾기

이것은 고음이 지나가는 통로에 충분한 공간을 확보하는 것이다. 유식한 말로 파사지오(이탈리아어)라 한다. 고음은 저음보다 직진성이 강하여 이 길 주변에 넓게 충분한 공간을 만들어야 한다. 이 통로에 가장 큰 장애물이 위 송곳니 부분이고 **이 부분의 입술만 약간 들어주면 된다.** 이렇게 쉬운데 이 동작을 하는 것과 안 하는 것은 성악에서 하늘하고 땅 차이이다. 위의 성대 스트레칭에서 '삐익' 소리를 입을 닫고서 목구멍 → 콧구멍으로 해보라는 이야기가 바로 이 때문이다 (골프에서 레깅 동작의 성공 여부는 골프채의 수직 낙하이고 이는 충분한 공간의 확보가 필수 요건이다. 공간 확보가 잘 안되면 골프는 되는 일이 없다).

고음 경로 확인

　고음 통로의 공간 확보가 되었으니 '아에이오우' 모음을 각각 '도레미파솔라시도' 형태로 음을 높여 경구개로 여기저기를 쏘아본다. 고음(솔#, 라, 시b, 시, 하이C)마다 반음의 차이이지만 발성되는 경로가 너무 다르다고 느껴진다. 경구개 뒤쪽에 광대뼈가 위치하고 있으므로 소리에 따라 광대뼈의 울림도 확인하는 것이다. 좋은 성악의 발성을 위해서 광대뼈의 울림을 직접 감('필')으로 느끼는 부분이기도 하다(골프의 힙턴 타이밍 잡기이다).

비강 진입 시도

두성으로 가는 길 중 가장 중요한 핵심 기술 부분이고, 성악의 역사가 시작된 지난 천여 년 동안 아직 공개되지 않았던 비법이다(골프의 임팩트 존).

비강의 입구는 코의 중앙 부분이므로 여기에 가장 근접할 수 있는 모음은 '아에이오우' 중 '이'다. 그러나 '이' 발성만으로는 노래가 안 된다. 노래를 하면 다른 모음에 의하여 비강 입구를 벗어나버린다. 그래서 거울을 보고 **'이' 발성을 했을 때 코의 모양, 특히 코 주위의 근육**을 잘 기억하여 **그 모양을 계속 유지하면서** 다른 모음 자음도 섞어 발성하는 것이다(비법이다).

이 코 주위의 근육이 연구개의 주름을 소리의 비강 진입 자세로 유지시켜주기 때문이다. 처음에는 다소 어색하고 어려우나 금시 적응되며, 고음 중 어느 정도 낮은 음도 비강에 들어간다. 필요할 때마다 코의 근육을 그렇게 유지하면 어떤 음이든 비강으로 진입한다.

비강 출구 틀어막기

비강에 들어갔다고 해서 모두 다 두성으로 연결되지는 않는다. 왜냐하면, 들어간 음이 또 계속 빠져나가고 있기 때문이다. 비강의 출구를 틀어막는 방법은 없을까? 있다!

그것은 **유지된 그 코 주위 근육을 '꼬옥' 조여주면 된다.** 기상천외한 방법이다. 연구개의 주름이 그 방향으로 '꼬옥' 잡아준다. 코맹맹이 표정으로 두성에 연결되면 소리가 청아해지고 매끄러워져서 호흡 사용량이 절반 이상으로 줄어든다. 호흡이 그만큼 길어지니 고음 2~3도 더 올리는 것도 문제가 안된다.

노래의 클라이맥스 때 유명 가수들의 표정이 크게 일그러지는 이유이기도 하다.

두성의 제어와 조정

상기 언급한 것처럼 코 주위 근육을 조여준 상태(연구개 주름은 자동 상향 조정)에서 가슴을 활짝 열어(뒤 광배근을 꽉 조인 상태 유지) 목의 힘을 빼고(어깨를 낮춘다) **코끝으로 발성을 시작, 어깨를 뒤로 당겨 내려주면** 두성이 쉽게 제어, 조정이 된다. 이제는 코끝과 어깨, 뒷날개가 두성의 컨트롤러가 된다(극비 비법이다).

2. 복성으로
가는 길

...

복성으로 가는 길은 두성으로 가는 길과는 사뭇 다르다. 두성의 길은 비강 입구까지의 '경로'에 치중하는 반면, 복성의 길은 '시간차 발성'에 초점을 둔다. 즉, 반 박자 쉰 후 발성(토출)이다. 아마도 이런 말을 처음 듣는 성악가도 많을 듯하다. 고음의 발성에는 힘이 많이 들지만, 저음으로 내려갈수록 힘을 주려 해도 힘이 들어가지 않는다. 저음을 발성하는 성대 뒷부분이 목구멍 깊숙이 박혀 있기 때문이다.

그래서 반 박자 쉬는 동안 인두강 출입구 쪽에 브레이크를 만들어 소리가 빠져나오도록 유도한다. 자동차 급브레이크를 밟으면 몸이 앞으로 쏠리는 작용 반작용의 원리이다(골프의 임팩트와 릴리스 시 브레이크를 걸어주면 헤더의 스피드와 비거리가 크게 향상하는 원리와 같다).

타고난 저음의 가수나 성우, 탤런트, 정치인도 많고 구수하게 울리는 저음의 남자들도 많다. 그러나 힘을 주어 발성하는 굵직한 복성의 소리는 여기에서 큰 의미가 없다. 성악에서는 고음과 저음을 악보대로 번갈아가며 발성해야 하므로 힘쓸 시간이 없다. 이 복성은 단전(코어)을 엇박자로 살짝 건드려서 절로 터져 생긴 복부의 힘을 이용하는 것으로, 노래 중간에 어디서든 발성이 가능하다.

세계적으로 유명한 테너와 소프라노 가수들이 저음 영역에 들어오면 한결같이 쩔쩔매는 이유는 바로 이 복성의 기술을 사용하지 않고 있기 때문이라고 본다. 이 복성의 기술을 사용하면 적어도 저음의 영역에서는 한 옥타브를 공짜로 먹게 되고 고음의 영역에서 2~3도 올리는 것도 문제가 아니다. 이 기술은 짧은 '반 박자의 시간'에 적은 힘으로 많은 에너지를 만들어낸다.

저음 발성의 핵심

저음이 발성되는 장소는 구강 아래쪽에 있는 인두강으로, 비강과는 달리 입구가 넓고 콧구멍 쪽으로 분기되는 열린 공간이다. 따라서 저음 발성에는 반드시 연구개를 펴서 날숨의 퇴로(콧구멍 방향)를 막고, 입구 쪽에는 아래 송곳니 입술을 가능한 한 많이 닫아준다.

'끙끙' 앓는 소리를 허밍 소리로 모사해본다. 허밍 소리가 브레이크에 걸려 가슴으로 밀려 내려가는 느낌이 중요하다. 다음은 아래 어금니를 시동 장치로 저음 발성을 시작한다. 복부가 시원하게 울리도록 어금니 양쪽의 공간을 넓혀가며 조정한다.

성대 스트레칭

목구멍 깊숙이 묻혀 있는 성대 뒷부분을 유연하게 스트레칭하는 것이다. 소화가 잘 안될 때 트림하는 소리, 아파서 끙끙 앓을 때 나는 소리, 남자가 슬퍼서 엉엉 울 때 나는 소리 모두 복성을 위한 스트레칭 음이다.

여성의 흐느끼는 소리는 고음 발생용 스트레칭 음인 것을 감안해보면, 인간의 신체적 한계 상황을 표출하는 이런 소리가 성대 스트레칭에 모두 활용된다. 특히 트림 소리, 앓는 소리는 시간차 발성에 그대로 적용된다. 아랫배에 약간의 힘을 주어 앓는 소리를 내면 복성으로 가는 길이 쉬워진다.

또한, 노래의 가사 전달을 위한 입술 운동('브르르르')과 혓바닥 운동('흐르르르')도 빠짐없이 위 허밍 연습과 병행하여 매일 연습해주어야 입술과 혀의 경직을 풀 수 있다.

'시간차' 장벽 쌓기

'시간차'는 성악 용어가 아니다. 쉽게 설명하기 위해 한 템포 빠르게 공격하는 배구의 시간차 공격에서 '시간차'라는 용어를 소환한 것이다. 여기서는 한 템포를 죽이기 위해 장벽을 쌓는 것이다. 목구멍 깊숙이 박혀 있는 성대 뒤쪽의 저음 신호를 빼내기 위한 브레이크 장치로서의 장벽이다.

특히 저음의 영역에서 발성할 때에 특별한 주의가 없으면 흡입된 공기가 너무 쉽게 빠져나가버린다. 하나는 코를 통한 공기 유실이고, 나머지 하나는 발성 중에 입을 통한 공기 유출이다.

그 브레이크 장벽이란 **첫째, 연구개를 쫙 펴면 코를 통한 공기 유실을 막을 수 있다. 둘째, 아래 송곳니 부분의 입술을 살짝 닫는 것이다.** 너무 쉬운가!

이제 트림 소리, 앓는 소리를 토출해보라. 다음에는, 저음을 넣어서 발성해보라.

성대에는 힘을 빼고, 연구개는 펴야 하고, 아래 송곳니(브레이크)에는 힘을 주어야 한다. 여러 번 반복해보라. 소리가 갑자기 달라지고 복부 쪽에 이상한 낌새가 느껴지면 축복을 받게 된다. 이와 같이 송곳니는 아래와 위가 모두 중요한 역할을 한다. 위 송곳니는 두성을 위해 열었고, 아래 송곳니는 복성을 위해 닫았다.

브레이크 운용

밸브로 막은 장벽(연구개)과 브레이크(송곳니) 이외에는 아무 것도 하지 않는다. 소리에 힘을 가하지 않는다(골프의 릴리스에 서 억지로 프로의 모양을 흉내 내면 피니쉬가 이상해진다. 다만 1시 방향만 설정하고). 자연히 소리는 경구개(광대뼈)를 치고 인두강 으로 돌아와서 공명을 일으킨 후 가슴 방향으로 떨어진다.

즉, 가슴이 울리는 흉성이다. 그러나 이 흉성이 언제나 복 부의 진동으로 연결되지는 않는다. 어떻게 하면 될까?

복성 유지하기

복부에 힘을 약간 가해주면 발생된 흉성이 복부 쪽으로 유도된다. 결국에는 복부가 브레이크 운용까지 다 점거하게 되며 안정된 복성이 유지된다(비법이다). 여기에 양쪽 겨드랑이까지 타이밍에 맞춰 조여주면 복성이 크게 울린다(극비 비법이다). 소리가 갑자기 굵어지고 부드러워지며 에너지가 분출되어 고음 발성에 필요한 힘도 실시간으로 생긴다.

성악 한 곡을 부르면서 저음의 복성에서 힘을 얻어 고음의 두성 발성에 사용할 수 있다. 두성은 소프라노와 테너의 전유물이 아니고, 복성은 바리톤과 알토만 구사할 수 있는 것이 아니다. 누구든지 자기의 음역에서 낮은 음은 복성을, 높은 음은 두성을 시도할 수 있다. 성악의 카테고리(테너, 바리톤, 소프라노, 알토 등 음역 구분)가 사실상 무너진다. 피부 미용과 다이어트, 건강과 노화 방지, 그리고 수명 연장까지! 그래서 성악은 더욱 재미있어진다.

3. 호흡 대왕으로
가는 길

...

두성과 복성의 길을 찾을 때 성공의 여부를 결정짓는 것은 횡격막호흡이다. 두성이나 복성이나 충분한 호흡이 받쳐주지 않으면 달성하기 어렵다(골프 백스윙에서 충분한 꼬임으로 힘이 모여지지 않으면 되는 것이 없다). 어떤 성악가들은 자기 직업을 '호흡 연구'라고도 한다. 그만큼 성악에는 큰 폐활량이 절대적으로 절실하다는 이야기다.

횡격막호흡

　횡격막호흡은 '빠른 들숨과 버텨내는 날숨'이라는 특징에서 일반호흡과 구분된다. 그러나 이 능력의 확보는 말처럼 쉽게 하루아침에 되지 않는다. 더욱이 한꺼번에 열심히 한다고 되는 것도 아니다.

　빠른 들숨이라고 하여 너무 빠르면 호흡이 모이지 않는다 (골프 백스윙이 너무 빠르면 꼬임을 망친다). 한꺼번에 너무 오래 버티면 신체가 다칠 우려도 있다.

　따라서 리듬을 타는 횡격막호흡이라야 한다(간단하게 보이는 골프의 백스윙에 청춘을 다 바치는 프로들을 보시라). 횡격막호흡은 조금씩 매일 빠지지 않고 수련하는 것이 좋다.

'가글 운동'은 신의 한 수

아침에 일어나서 가글을 하면서 하나부터 200까지 세면서 3회 반복하는 나의 수련 방법은 지나고 보니 '신의 한 수'였다. 아침과 저녁에 반복하는 이 과정에서, 나는 발성과 호흡의 중요한 기법을 수련할 수 있었다.

적당량의 가글 액을 입안에 넣고, 45도 상향으로 입을 반쯤 열고 한 번의 큰 들숨으로 하나부터 200까지 센다. 가글 액이 입안에서 삼켜지면 안 되고, 입 밖으로 쏟아져도 안 된다. 영락없는 성악의 입 벌리기 자세이다. 연구개는 저절로 퍼지고, 아래 어금니에 힘을 느낀다. 아래 송곳니 입술은 닫히고, 앞 입술은 내려간다. 코 주위의 근육도 움직인다. 저음(복성)과 고음(두성) 발성을 위한 준비 자세까지 마련되어버렸다.

그뿐이 아니다. 200을 셀 때까지 날숨을 버텨내야 하므로 광배근이 조여지고 괄약근 운동과 지면 반력도 느껴진다. 이 모두가 보통의 방법으로는 숙련되기 힘든, 중요한 성악 스트레칭 프로세스다.

연구개는 항상 퍼져야 성량이 커지고, 아래 어금니의 힘은 복성을 유도하는 구동력이 된다. 아래 송곳니 입술은 복성의 브레이크가 되고, 윗입술은 두성 진입을 유도하는 시동 역할이며, 고음 발성을 위한 성대 힘 빼기 기능이다(골프에서 힘을 빼려면 다른 곳에 힘을 약간 넣어주어야 하는 것과 같다). 또한, 이 운동으로 횡격막호흡이 주는 심폐기능과 장기능이 크게 향상되었음은 물론이다.

아침에 일어나서 교과서대로 2시간 이상을 안 기다리고, 단 5분간의 가글 운동만으로 고음의 발성 연습을 시도했는데도 그동안 별 탈이 없었던 이유가 명확해졌다.

호흡은 코로 하나, 입으로 하나

이 문제를 두고 궁금해하는 사람이 의외로 많다. 둘 다 맞는 말이다. 두성을 원하면 비강이 가까운 코로 하는 것이 좋고, 복성을 원하면 인두강이 가까운 입으로 하는 것이 유리하다(골프에서 왼손을 주도로 하느냐 오른손으로 하느냐 이 또한 둘 다 정답이다. 힙턴이 잘 안되는 사람에게는 왼손이 유리하고 힙턴이 빠른 젊은 사람에게는 오른손이 유리하다).

그러나 노래에 따라 두성을 원하는데도 숨 쉴 여유가 없는 급박한 경우에는 입으로 공기를 다량 흡입하는 수도 있다.

호흡의 저장 위치

들숨의 저장 위치는 앞가슴보다 뒤 가슴이라야 한다. 앞가
슴에 채워진 공기는 금세 풀어져버린다. 따라서 호흡 시 고관
절에서 뒷배를 채우면서 뒤 가슴으로 올라오는 느낌이 매우
중요하다. 보기에는 뒤 가슴보다 뒷배가 볼록하게 보여야 한
다. 좀 더 숙달되면 지면 반발까지 이용하게 되나 이때는 뒷
배를 채우고 뒤 가슴으로 올라간다(골프의 스윙 반경을 크게 하
는 것은 비거리에 직접적인 영향을 준다).

여기서 주의할 점은, 호흡을 크게 하려다 보면 어쩔 수 없
이 어깨가 올라가는 것을 막을 수 없다는 점이다. 어깨가 올
라가는 순간 목에 힘이 들어가게 되고 이때 발성하면 문제가
발생한다. 올라간 어깨를 반드시 내린 다음에 발성해야 한다
(어깨는 골프에서도 항상 문제를 일으킨다. 골프에서 힘을 빼는 첫 번
째는 어깨를 낮추는 것이다).

들숨의 3단 흡입법

호흡 대왕의 핵심 분야다(골프 백스윙의 꼬임 동작이다). 고음의 고공 행진(연속되는 '라'), 고음의 점프 발성('레'에서 '시'로), 고음의 피날레('하이C' 이상의 지속 발성) 등 고음의 고난도 호흡 기술에 해당한다.

문제는 뒷배와 뒤 가슴을 동시에 공기로 꽉 채우면 되는 일인데 이것이 만만치 않다. 그래서 앞가슴을 활짝 열어 뒤 가슴부터 먼저 채우고 뒷배를 채운다. 횡격막이 최저점에 이를 때까지 광배근과 괄약근으로 **뒷배를 가득 채우는 3단 호흡법을 적용하고, 어깨 내리기의 마무리 최종 단계를 거친다**(비법이다). 다시 정리하면 다음과 같다.

1단계: 앞가슴을 활짝 열면서 코의 들숨(윗입술 내림)으로 가볍게 뒷 가슴을 완전히 채운다.

2단계: 입을 열어 등 광배근을 꽉 조여 뒷배를 가득 채운다.

3단계: 동시에 괄약근의 지면 반발 힘을 이용하여 뒷배를 확실하게 꽉 채운다.

마무리 단계: 올라간 어깨를 내린다.

그러나 보통의 경우에는, 제3단계의 지면 반발을 뺀 제1~2
단계의 호흡만으로도 단단한 소리가 발성된다.

날숨의 버텨내기 작전

들숨에서 애써 모은 공기 흡입량은 약간의 부주의에도 사용하기도 전에 그냥 휘발해버린다. 날숨이 오래 지속되도록 버텨내는 기술은 성악의 고난도 기술이고 하루아침에 해결되지 않는다(래깅이나 수직 낙하와 같은 골프의 전환 동작처럼 버텨내기 숙달에는 시간과 인내가 필요). 그래서 작전(노하우)이 필요하다.

첫째는 연구개는 펴고 입술은 적게 벌린다. 압축된 흡입 공기가 잘 빠져나가지 않도록 밸브를 채우는 일인데 이때 연구개를 펴면 코로 공기가 빠져나가는 길목이 차단되고 구강의 공간이 커지게 된다. 어차피 성량을 높이기 위해서 꼭 필요했던 연구개의 역할이라고 보면 되고, 입술은 크게 열 필요가 없다.

둘째는 고음일 경우 윗입술을 더 내려 두성으로 유도하고, 저음일 경우에는 아래 송곳니 입술을 올려 복성을 시도한다.

셋째는 광배근을 조이고 엉덩이 근육을 뻗쳐 날숨을 버틴다. 날숨은 천천히 살금살금 쓰는 지혜가 필요하고 끝까지 참아내는 인내심이 필요하다. '가글 운동'을 해보면 왜 이 근육이 필요한지 느끼게 된다.

단전호흡

단전의 힘을 이용하는 호흡 방법이다. 호흡 전문가(대학 동창 오경섭 사장 부인 박인숙 여사)에게서 귀동냥으로 배운 이야기인데 내가 해보고 많은 도움을 받았고 지금도 이용하고 있다.

첫째, 코로 들이쉬고 코로 뱉어낸다.
둘째, 들숨의 시간과 날숨의 시간은 같아야 한다(3~4초).
셋째, 코앞의 작은 촛불을 가상하고 그 불을 깨트리지 않도록 살금살금 날숨을 내쉰다.

처음에는 다소 어려워서 많은 사람들이 포기한다. 원리를 살펴보면 들숨은 앞가슴을 이용하여 크게 숨을 들이켜고, 날숨은 뒤 가슴으로 방향을 바꾸어 뒤 등골과 배 쪽으로 보내면서 속도와 양을 제어하고 남는 것은 배 쪽 단전에 모인다는 논리인 것 같다. 단전의 에너지 샘이 열려 복성에서처럼 온몸으로 온기가 전파된다.

4. 성악 비법(두성·복성·호흡 대왕)

글을 마무리하며

...

    그동안 내가 경험하여 숙지한 성악의 비법을 다 털어놓고 보니 가슴이 후련하다. 한편, 이들 비법을 체계적으로 정리하다 보니 가까운 길을 바로 옆에 두고 머나먼 가시밭길을 헤맸던 지난 20년간의 일들이 그래도 지금은 아름다운 추억으로 남는다.

    그 가까운 길이란 바로 성악가의 노래를 무조건 따라 부르는 것! 모음 중심의 가곡 중에서 가슴에 먼저 와닿는 것부터 선택하여, 노래의 선율(멜로디)을 중심으로 따라 부른다. 성악은 선율에서 가사의 냄새도 풍기고 박자까지 품고 있다. 마치 유치원생이 선생님의 노래를 배우듯이 말이다. 음정이 높으면 가성(假聲)이라도 좋고 음정이 너무 낮으면 헛소리(虛聲)가 나와도 좋다. 성악 입문은 이렇게 시작된다.

    성악은 음정의 기복이 심해서, 판소리와는 달리 성대에 여하한 무리도 가해지면 안 된다. 그래서 나는 이 책에서 고음과 저음의 발성을 위해 '허밍'이란 방법과 '가글 운동'을 열심히 설명했다. 허밍은 고음과 저음을 막론하고 완벽한 발성 연습 기법이다. 성대에 가해지는 무리가 전혀 없기 때문이다. 그리고 가글 운동은 횡격막호흡과 완벽한 발성 준비운동이기 때문이다.

이렇게 쉽게 시작한 성악은 금시 그 효과가 나타난다. 얼굴에서 생기가 돋아나고 머릿속이 맑아진다. 계속할수록 마음이 윤택해지고 얼굴 피부가 좋아진다. 두성과 복성이 느껴질 때면 정신세계에서 신천지가 전개되고 뇌 건강과 심폐기능 강화 등 수많은 축복을 받는다.

피아노, 플루트, 기타 등 악기를 배우면 악기와 악보를 동시에 마스터하는 지름길이 되겠다. 많은 사람이 성악을 즐기면서 건강하게 오래 살기를 기원한다.

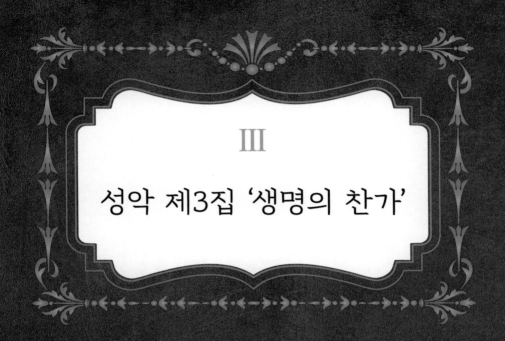

III

성악 제3집 '생명의 찬가'

1. 열두 곡
선곡

...

　아마도 이 성악 제3집이 내 일생의 마지막 작품일 것 같다. 이것은 흥행이나 장기자랑을 위한 것도 아니다. 나의 마지막 자서전 『성악은 내 생명』을 집필하다 보니 나만의 발성 비법(두성·복성·호흡)을 공개하게 되었고, 그 비법이 진짜인지 아닌지 그 진위를 가릴 필요가 있었기에 그동안 발성하기 어려웠던 12곡(아리아 6곡, 이탈리아 가곡 6곡)을 선정하여 녹음하게 된 것이다.

　모두가 독특한 음악적 배경에 화려한 음의 기교, 그리고 남다른 무게감이 느껴지는 유명한 곡들이다. 곡마다 생동감이 넘친다. 그래서 '생명의 찬가'로 하였다.

　이번에도 김성준 사장이 기꺼이 음반 제작을 맡아주었다. 미디어 세계가 바뀌었으니 이번에는 CD가 아니고 USB 형태로 제작된다. USB 형태는 비록 볼품은 없지만, 나의 CD 1·2

가 모두 포함되니 내 성악의 목소리가 어떻게 발전되어갔는지 알 수 있겠다.

드디어 이탈리아에 주문했던 오케스트라 MR 12곡이 도착했다. 김 사장은 녹음 스튜디오에 15회(2개월) 예약을 했다. 나는 내 건강이 심상치 않으니 모두 1개월 이내에 녹음을 마치자고 했고 하루에 2곡씩 녹음하기로 하여 첫날에 마티나타와 팔리아치를 준비하였다.

2. 스튜디오
녹음 현장

...

2024년 11월 11일 월요일, 긴장했던 탓인지 잠을 이루지 못했고 아침부터 감기에 걸려버렸다. 스튜디오에서 김 사장은 단번에 내 목소리를 알아차리고 녹음을 연기하자고 했으나 이왕 왔으니 녹음해보기로 했다.

마티나타(아침의 노래)는 이탈리아 가곡이나 당시 최고의 성악가 호세 카레라스가 곡의 3개 소절을 3도나 높여 마지막을 B로 피날레하는 아리아 곡처럼 각색하여 불렀다.

팔리아치는 서커스 광대의 맘을 담은 아리아인데 '의상을 입어라'는 자기 아내가 딴 사내와 놀아나는 것을 본 광대가 관중 앞에선 웃어야만 하는 묘한 감정을 담았다. 음에 대한 작곡가의 신의 경지에 감복한다. 그날의 이 두 곡의 녹음은 일단 통과했다. 김 사장은 이탈리아 국제음악콩쿠르 심사위원장을 역임한 정통 성악가로서 조금이라도 이상하면 맘에

들 때까지 다시 시키는 사람이다.

라 트라비아타와 셀레스타 아이다 그리고 살위 데메우레 등 3곡은 서정적이고 경쾌하면서도 우아하고 격조가 높은 클래식 성악의 진수들이다. 이데알리는 미성의 테너 볼링이 노래했던 이탈리아 가곡이다. 그러나 이 4곡들은 연주자의 입장에서 보면, 음정·박자·가사가 꽤 까다롭고 함부로 끊을 수 없는 긴 호흡과 고음 발성이 필요하다. 견고한 두성과 순간적인 복성의 뒷받침이 필요하다.

마레끼아레와 푸니쿨라 그리고 디치텐셀라는 빠른 템포와 경쾌한 리듬의 이탈리아 전통 가곡이다. 마레끼아레는 보첼리, 푸니쿨라는 왓슨, 디치텐셀라는 파바로티의 음반을 참고했다.

11월 20일 수요일, 대망의 데세르토 인테라(지구상의 사막)를 녹음했다. 이 곡은 적막하고 황량한 사막의 무서운 분위기 연출을 위해 페르마타 하이C가 두 번 연속된 후에 하이D 플랫으로 피날레하는 도니젯티의 명작이다. 유명한 성악가들도 피해 가는 무서운 아리아다. 나는 두 번 연습한 후 그냥 성공해 버렸다. 이로써 그동안 긴가민가했던 나의 득음은 사실이었고 나의 성악 비법도 옳았다는 것이 확인된 유쾌한 하루였다.

아마도 나는 '성악의 힘'으로 투병 생활을 하면서, '성악의 힘'으로 이 나이에 이런 '성악'까지 하는 첫 번째 인간(괴물?)일지도 모르겠다.

오 소아베 판치올라는 오페라 라보엠의 아리아로서 테너와 소프라노와의 합창곡이다. 나의 조카 김정희(의사)가 소프라노 역을 맡아 훌륭하게 해냈다. 발성은 물론 시창과 청음 모두 프로 수준이었다.

마지막 곡으로 세미노 로시가 10년 전에 불렀던 솔로하이우나는 곡의 구성부터가 초고음 행진곡이다. 계속되는 '솔솔솔~'이 모두 48개, 솔 샾이 6개, 연속되는 '라라라~'가 모두 26개, 그리고 '시'로 피날레를 한다. 배 힘을 이용하는 복성을 사용할 기회도 없다. 성구를 찾기도 쉽지 않다. 팔순의 나이로는 한계를 느낀다.

그러나 나는 결국 해냈다. 그 비결인즉, 노래 전반부 저음의 영역에서 충분한 복성으로 힘을 저축하고, 노래 후반부 고음의 영역에서 두성의 컨트롤러(코끝 윗입술과 어깨 광배근)를 이용했다. 그리고 매 호흡 시 지면 반발을 이용했다.

3. 두성과 복성의
놀라운 효과

...

    드디어 기다리던 내 노래의 녹음 파일이 카카오톡을 통하여 날아왔다. 아직 마스터링이 완성되지 않은 녹음 원본 파일이었다. 처음에 나는 너무 당황하고 심지어 실망까지 했다. 이 목소리는 내가 생각하던 그 목소리(CD 1·2집)와는 너무 달라져 있었고, 특히 고음 진입과 폐활량은 프로의 수준을 능가하고 있었다. 이것을 팔순이 넘은 노인네 목소리로 누가 믿어주겠는가? 김 사장도 "이 노래가 팔순 노인의 목소리인 줄 알면 깜짝 놀라지 않을 사람이 없을걸요!" 말하며 고개를 절레절레 흔들었다.

    찬찬히 살펴보니 저음 분야에서는 이미 바리톤 목소리를 흉내 내고 있었고, 고음 분야에서는 테너 영역을 지나 더 높은 성층권에 진입한 것처럼 느껴졌다. 폐활량은 물개만치 길다. 나는 단지 내가 찾아낸 두성과 복성을 열심히 구사했을

뿐인데 중음까지도 이미 영향을 받아 잔뜩 힘이 실려 있다.

두성 발성이 되면 고음으로 통하는 고속도로가 열리고, 복성으로 가면 저음으로 내려가는 신작로를 만난다고 했다. 내가 앞서 한 말이다. 바리톤에서 테너로 전향한 전설의 테너 코렐리가 그랬다. 바리톤 영역에서 목소리가 테너 고음으로 진입하면, 마치 테너 영역을 벗어나 소프라노에 진입한 것처럼 폭발력을 보인다.

그렇다! 두성과 복성의 덕택으로 예상을 넘어 나의 음폭(音幅)이 넓어진 것이다. 이 목소리가 내가 그동안 찾고자 했던 나의 참 목소리임을 깨닫고 감사하고 흐뭇했다. 이 세상에 태어나서 뚜렷한 실적도 재산도 남기지 못했지만 그래도 나는 나의 참 목소리 하나는 확실히 찾아놓고 가니 참으로 행운이다.

고행의 시작으로만 생각했던 성악이 내 생명을 지켜준 성악이 될 줄이야…! 세상의 모든 이를 위하여 '성악의 복음'을 바친다(생명의 찬가 12곡과 부록 CD 1집의 14곡, CD 2집의 14곡 총 40곡을 유튜브 '김필규 테너'에 올리고 노래 해설 등은 이 책에 남긴다).

4. 생명의 찬가

(2025년 5월)

...

01. Mattinata(아침의 노래)

레온카발로의 대표적인 곡으로, 사랑하는 여인을 찾아가 마음속의 사랑을 아침에 부르는 노래.

02. Solo Hay Una Para Mi(오직 나만을 위해 있어주오)

스페인 곡으로, 사랑하는 여인을 향한 진실한 마음을 진솔하게 표현한 노래.

03. Dicitencello Vuje(그녀에게 내 말 전해주오)

나폴리 민요로, 너무 사랑하는 여인에게 사랑한다고 표현하고 싶지만 쑥스러워 자신의 사랑하는 마음을 친구에게 대신 전달해주기를 부탁하는 노래.

04. Marechiare(맑은 바다)

토스티가 작곡한 나폴리 민요로, 세계 3대 미항으로 유명한 나폴리의 맑은 바다를 서정적으로 표현한 노래.

05. Funiculi-Funicula(후니쿨리 후니쿨라)

나폴리를 상징하는 대표적 민요로, 나폴리 베수비오산 산등 열차 개통을 기념하여 모두 산등 열차를 타고 베수비오산에 오르자는 즐거운 노래.

06. Ideale(이상)

이탈리아 대표 가곡 작곡가 토스티의 대표적 곡으로, 평화와 자연을 갈망하며 이상적 세상을 꿈꾸는 노래.

07. Vesti La Giubba(의상을 입어라)

레온카발로의 대표적 오페라 '팔리아치'에서 테너가 부르는 아리아로, 광대의 고뇌를 괴로워하며 부르는 극적인 노래

08. O soave fanciulla(오 사랑스런 아가씨)

푸치니의 오페라 '라 보헴'에서 주인공 로돌포와 미미가 서로에 관한 관심을 표하며 부르는 사랑의 노래.

09. Lunge da lei… De miei bollenti spiriti(그녀에게서 멀리 떨어지면… 나의 끓어오르는 마음에서 오는)

베르디의 오페라 '라 트라비아타'의 대표 테너 아리아로, 남자 주인공 알프레도가 여자 주인공 비올레타와 오랜 시간 떨어져 있으면서 겪는 사랑의 애달픔을 노래한다.

10. Celesta Aida(청아한 아이다)

베르디의 오페라 '아이다'의 테너 아리아로, 남몰래 사랑하고 있는 궁전의 여자 노예 아이다에 대한 애정을 노래한다.

11. Salut! demeure chaste et pur(안녕! 정결한 집이여)

구노의 오페라 '파우스트'에서 주인공 테너는 사랑을 위해 악마와의 거래로 젊어진다. 그러나 그가 사랑하는 여인은 그에 대한 관심이 없다. 파우스트는 그녀의 집 앞에서 그녀의 순수하고 정결한 모습이 언제나 지속되길 바라며 노래한다. 순결하고 순수한 곳을 찾아 부르는 노래.

12. Deserto in terra(지구의 사막)

도니체티의 오페라 '돈 세바스 치노' 테너 아리아로 이 세상의 사막 한가운데 외로이 남아 더 이상의 희망도 없다고 생각되지만, 아직 신의 사랑이 남아 있다면 왕의 자리에서 내려와 군인으로 싸우겠다고 맹세하는 노래.

부록

1. 감동과 낭만이 함께하는 열정
(성악 제1집)

성악의 입문과 시작

　필자(테너 김필규)는 1944년 늦은 가을에 경남 진주에서 교육자이신 아버지 김형국 선생과 황복시 여사의 7남매 중 막내로 태어났다. 아버지는 음악에 조예가 깊어 8개 초등학교 교가를 작곡했고 우리 형제들 모두가 노래를 잘 불렀다. 창원군 웅남초등학교 시절에는 여러 선생님들에게 불려 다니면서 노래를 불렀다. 김해군 진영중학교 시절에는 김성일 음악 선생님으로부터 가곡을 열심히 배웠고 음악성을 인정받아 악대부(당시 도내 유일의 중학교 25인조 브라스밴드)의 악장에 기용되었고, 부산고등학교 시절에는 김점덕 음악 선생님에게서 수준이 높은 이탈리아 가곡을 배웠다.

　1963년 서울공과대학 전기과 1학년 첫 학기가 끝날 때 친구 이중근 집에 수많은 클래식 성악 LP 판이 있는 것을 보고 녹음해달라고 부탁했고, 얼마 있다가 시골집으로 친구 이수홍이 소포로 1시간 분량의 녹음테이프를 보내왔다. 한 여름 내 이들 노래를 다 배워 익혀버렸다. 물론 음정은 악보의 음정이 아닌, 나에게 맞는 음정이었다. 2학기에는 공릉동 학교

기숙사에 들어갔고, 식당이든 학교이든 틈만 나면 흥얼대며 아리아 노래를 불러댔다. 친구들은 '서울공대 스테파노'라는 별명까지 붙여준다. 아마도 이때가 성악 입문인가 싶다.

환갑 나이가 되어 지나간 40년을 되돌아보니 감개가 무량하다. 내가 어떻게 이 험한 길을 걸어왔을까 생각만 해도 아찔하다. 대학을 졸업하고 좋은 직장을 그만두고 하필 어려운 공직자의 길로 들어섰다. 그 후 자의 반 타의 반으로 미국 대학원 과정에서 젊은 학생들과 치열한 경쟁을 겪으며 전공을 세 번이나 바꾸었다. 직장도 여러 유형의 직종에 종사하면서 숱한 시련과 갈등을 겪어왔다. 나에게 성악이 없었다면 그냥 주저앉았을 게 틀림이 없다. 성악은 나에게 지칠 줄 모르는 투지와 인내, 그리고 지혜까지 제공해준 열정의 샘터가 되었다.

2004년 환갑을 맞이하는 해의 정월 어느 날, 지난 60년을 회고하면서 평소에 좋아하던 라보엠의 '그대의 찬손(Chegelida manina)'을 정성을 들여 조용히 불러보았다. 눈물이 핑 돌았다. 딸 정연(경제학박사, 워싱턴 IMF 근무)이 아빠 노래를 CD 음반에 담아두고 싶다면서 비용은 자기가 부담할 터이니 파바로티가 가장 좋아하는 'Nessun Dorma(공주는 잠 못 이루고)'도 연습해보라고 일러준다. 그런데 이 노래는 음정이 높아 처음부터 따라 부르기에는 목청이 너무 따가웠다. 성악의 음반을 만든다는 것은 성악을 단순히 좋아한다는 것과는 차원이 다르다. 더욱이 아리아는 악보대로 불러야 한다. 자존심도 상했다. 이렇게 약이 올라 시작한 것이 환갑의 나이에 성악이라는 고행의 길로 들어서게 된 계기다.

나의 열정(Il mio passione)

3개월 정도 지나니 겨우 이 노래는 원음대로 따라 부를 수준은 되었는데 그만 목에서 피가 흘러나왔다. 이를 본 집사람은 이때부터 태도가 돌변하여 성악 연습을 저지하기에 이르렀고, 이제 딸도 아들도 며느리도 모두 노골적으로 반대 의사를 표출하기 시작한다. 아파트에서는 아랫집에서 시끄럽다고 야단이니 성악을 연습할 곳은 내 자동차뿐이다. 차 안에서 쪼그리고 부르다 목을 다치기 일쑤이고 그래서 병원의 신세를 자주 지게 된다. 가까운 친구도 형님들도 주위의 음악가들도 모두 만류하면서 제발 가망이 없는 짓 그만하라고 핀잔을 준다.

여름방학 때 워싱턴 소재의 딸 정연이 집 아파트에서 높은 옥타브의 do(일명 하이C)가 드디어 발성되기 시작하자 너무도 기쁜 나머지 반복 연습을 좀 했고, 어김없이 이웃집에서 항의하는 불편 신고서(Complaint letters)가 불같이 날아온다. 우리 일행은 도망치듯이 아들 재훈(Frankfurt Gillette사 근무)의 집으로 향했다. 금년 초 독일에서 태어난 손녀 수아를 상면하기 위해서이다. 미국에서의 스캔들을 이미 알고 있는 아들 내외는 조심스럽게 집에서 노래하지 못하게 연막부터 친다. 가까운 공원에 가서 집사람을 망보게 해놓고 나무숲을 향하여 소리를 질러댔다.

우리 일행은 관광 겸 성악 악보를 구하기 위해 스페인으로 향했다. 바르셀로나행 프랑크푸르트 공항 대합실에서 이어폰을 끼고서 'O! Paradiso'를 열심히 듣고 있다가 클라이맥스에서 나도 모르게 입이 열려 큰 소리가 나와버렸다. 공항 손님들의 웃음소리가 들려 고개를 들어보니 창피하여 골이 잔뜩 난 집사람의 표정과 원망이 가득 찬 딸의 눈빛이 보인다.

바르셀로나에서 시내 관광을 하던 중 나는 잠이 온다는 핑계를 대고 먼저 호텔 방으로 달려와서 커텐을 쳐놓고 맘껏 노래를 불렀는데 이것이 또 옆방으로 흘러간 듯 복도에서 여러 사람들이 무슨 난리가 난 듯이 내 방을 기웃거리고 있었다. 가수냐고 묻길래 앞으로 가수가 될 것이라고 하였더니 피식 웃으면서 가더라.

여름방학이 끝날 무렵에는 나름대로 약 50여 개의 이탈리아 가곡과 아리아를 섭렵했고 높은 소리도 자유롭게 구사하는데도 정작 내 노래를 들어줄 사람이 없어 외로웠다. 오직

한 살짜리 손녀딸 수아만이 울다가도 내 노래를 들으면 울음을 그치고 방긋이 웃어주니 귀여워라. 오! 내 사랑 김수아! 나의 첫 번째 팬이 바로 여기에 있었구나.

드디어 나의 CD가

2005년 2월, 3주 동안에 14곡의 취입을 모두 무사히 마쳤다. 3월에 신학기가 시작되므로 서둘러 녹음을 끝마쳐야 했다. 그동안 나의 성악을 반대해왔던 사람들이 이제는 미안해할 차례인가 보다.

이제 나의 CD가 생겨났다. 그 이름을 '나의 열정(Il mio passione)'으로 하여 직장 동료와 동창생, 과우회 회원과 친지 등 여기저기에 뿌리고 나니 가슴이 후련했다. 연이어 터진 환호와 놀람, 그리고 쏟아지는 격찬들! 도무지 음악을 할 것 같지도 않은 공학의 골수분자가 환갑의 나이에 입문하여 홀로 연습 1년 만에 수준 높은 성악 CD를 만들었다니 놀랄 수밖에 없었다나…. 주옥같은 아리아와 클래식 가곡 14곡의 선율은 오늘날 대중음악의 밀물 속에서 점차 잊혀가던 옛 추억과 낭만을 되살리기에 충분하고 남음이 있었다고 한다.

그러나 노래는 좋았지만 아직 성악가로서 설익지 않은 내 목소리를 두고 '기름기가 빠져버린 노인네의 쉰 소리'로 평가 절하하신 분들도 있었다.

다른 CD 음반과 비교해보니 확실히 문제가 있었다. 음반 소리가 너무 약했고 볼륨을 약간 올리니 심한 잡음과 함께 자동차의 경적도 크게 들려 상품 가치가 전혀 없을뿐더러 사용된 음악 일부는 저작권 문제도 제기될 수 있다고 하여 이 CD 모두를 시제품으로 처리하여 폐기하고, 새로운 음악과 함께 스튜디오에서 다시 녹음하고 이탈리아에서 마스터링 과정을 거쳐 정식으로 제1집 CD 음반 **'감동과 낭만이 함께하는 열정'**을 제작하게 되었다.

회갑기념CD
2005년 4월 발매

1집

감동과 낭만이
함께하는 열정
2006년 2월 발매

2집

열정의 소리
2006년 9월 발매

01. Non ti scordar dime(날 잊지 마세요)

영화 '물망초'의 주제곡으로 나의 삶 모두를 사랑하는 당신과 함께하고 싶다는 내용의 곡으로 테너 탈리아비니가 열창한 대표적 곡이다.

02. Una furtiva lagrima(남몰래 흐르는 눈물)

오페라 '사랑의 묘약'에서 네모리노가 자신의 사랑을 몰라주는 여인 아디나를 뒤로하고 군대를 떠나며 흐느끼는 노래.

03. Nella Fantasia(환상의 세계)

영화 '미션'의 주제곡으로 원작은 'Gabriels-Oboe'라는 곡으로 오보엣을 위해 작곡되었고 이 곡에 가사를 덧붙여 재편집된 곡이다.

04. E lucevan le stelle(별은 빛나건만)

오페라 '토스카'에서 화가 카바라도시는 도망자인 친구를 숨겼다는 누명을 쓰고 사형장에 끌려와 사형 전에 자신의 처절한 심정을 노래한다.

05. Core'ngrato(무정한 마음)

나폴리 민요로 사랑을 몰라주고 무정하게 떠나가 버린 여인 '카타리'를 상상하면서….

06. Caruso(카루소)

세기의 테너 '카루소'의 일생을 노래한 이 곡은 이탈리아 작곡자 루치오 달라가 파바로티를 위해 작곡하여 유럽 전역에 많이 알려진 곡이다.

07. Donna non vidi mai(그녀는 보이지 않고)

오페라 '마농 레스코'에서 데 그뤼는 사모하는 여인 마농레스코의 향기를 상상하며 그리움의 노래를 부른다.

08. O! Sole mio(오 나의 태양)

이국만리에서 포로 생활을 하는 '디 카푸아'는 고향 나폴리에 대한 그리움을 노래로 만들었다.

09. Che gelida manina(그대의 찬 손)

오페라 '라 보헴'에서 로돌프는 미미의 찬 손을 녹여주며 자신을 시인이라고 소개하며 사랑을 고백한다.

10. Serenade(황태자의 첫사랑의 세레나데)

영화 '황태자의 첫사랑'의 주제곡으로 테너 마리오 란자가 주연으로 출연하여 세레나데를 불러 일약 스타로 부상하였다.

11. Ch'ella mi creda(날 믿어주오)

오페라 '서부의 아가씨'에서 딕 존슨은 다른 사람들은 날 믿지 않아도 미니 당신만은 날 믿어달라고 애원을 한다.

12. Granada(그라나다)

스페인의 대표 가곡으로 스페인 남부의 작은 도시 '그라나다'를 찬양하는 노래.

13. Nessun Dorma(공주는 잠 못 이루고)

오페라 '투란도트'의 아리아로 홀로 잠 못 자는 공주를 상상하며 아침이 되면 공주는 자기 것이 될 것이라 노래한다.

14. Passione(열정)

나폴리 민요로 서로 멀리 떨어져 있지만 마음으로 느끼는 사랑과 열정을 노래한 곡.

2. 열정의 소리

(성악 제2집)

성악의 묘미

어느 날 무심코 들여다본 거울 속에서 이미 달라져버린 내 모습에 나도 놀라 버린다. 우선 굵어진 목의 줄기와 넓어진 가슴이 그렇고, 잡초처럼 무성했던 얼굴과 목 주위의 주름살들은 어디론지 사라졌다. 대신 그 자리에는 불그스레하고 싱싱한 혈색이 나타나고 있었다. 사실 나는 오래전부터 당뇨를 앓아왔고 혈당치가 높아 인슐린 주사를 맞아야 할 지경에 있었다. 이(齒)도 하나씩 둘씩 절로 빠지더니 이제는 남은 것이 하나도 없어진 지가 오래이고, 당뇨로 인해 망막염과 백내장 징후까지 생겨 하루하루가 마치 비몽사몽간에서 허우적대는 고달픈 삶 바로 그것이었다.

그런데 그 머리도 갑자기 맑아진 것이다. 환갑이 넘은 이 나이에 대학에서 컴퓨터 애니메이션, 게임 프로그래밍과 같은 젊은 세대의 새 과목을 가르치고 있으니 성악이 아니라면 이 감각과 기억력은 도대체 어디서 생겨났다는 말인가?

인체의 광대뼈는 유일하게도 속이 텅 비어 있는 안면의 뼈로서 성대 소리의 공명 확성장치로 이용되고 이 공명이 된 소리가 뇌 전체를 마사지하여 머리가 맑아지고 좋아지게 된 것은 아닐까? 또한, 인체에는 횡격막이 심장 허파와 위장 사이에 있어서 호흡과 함께 이 막이 자연스럽게 압축과 팽창을 번갈아 하는데, 성악의 호흡은 횡격막의 빠른 압축과 느린 팽창 원리가 적용되어 심폐기능과 위장기능이 좋아지는 것이 아닐까?

인체의 성악 구조는 지구상에서 만들어진 가장 정교하고 훌륭한 악기라고 한다. 이 악기는 누구나 다 지니고 있으니 성악이야말로 정신과 육신의 건강 증진을 도모하는 가장 경제적이고 최고의 예술인 것 같다.

멀리서 온 희소식과 함께 CD 제2집 발매

나의 첫 CD는 내가 좋아하는 곡 위주로 선곡하였다. 이번에는 성악의 깊이를 더하기 위해서 내가 아니고 세계인들의 취향에 맞추어 선곡하기로 했다. 인터넷 검색을 하여 세계인들이 좋아하는 곡들을 살펴보니, 추억의 낭만과 감동을 넘어 매혹과 활기찬 격정이 주를 이루었다. 따라서 매혹과 격정이 듬뿍 담긴 주옥같은 14곡을 선별해놓고 연습에 돌입했다,

한창 녹음이 진행되던 어느 날 성악의 요람인 이탈리아 나폴리에서 깜짝 놀랄 만한 희소식이 전해졌다. 김성준 사장이 이탈리아에 출장을 가면서 나의 CD 10장을 선물로 돌린 것이다. 이 CD를 전해 들은 오케스트라 지휘자 Pina Radicella는 2005년 5월 25일자 L'eco del Sud 현지 신문에다 "이탈리아에서 한국인 테너 김필규"라는 제하의 평론기사를 나의 사진과 함께 다음과 같이 크게 올린 것이다.

'아버지의 따뜻함을 느낄 수 있는 자연스럽고 서정적인 목소리에 …(중략)… 정열적인 가사 전달은 마치 음악의 마술사를 연상케 하고 …(중략)… 이런 음악이야말로 이 세상의 모든

장벽을 넘어 모두가 하나가 되는 공감대로…'

이어 대전일보 남상현 기자가 2005년 6월 17일 "성악가의 꿈 이룬 공대 교수님" 제하의 큰 기사를 썼고, 동아일보 지명훈 기자가 6월 23일 동아일보 충청 강원판에서 "나이는 숫자일 뿐… 뒤늦게 노력해 인생 '이모작'"의 제하로 "61세 공학과 교수 성악가의 꿈 이뤄"라는 큰 기사를 내었다.

2005년 6월 29일 'TJB 생방송 오늘'이라는 프로에 '나이는 숫자일 뿐 인생 이모작' 제하의 TV 출연 뉴스가 약 7분간 방송되어, 어느 날 나는 갑자기 지방의 유명 인사가 된 듯하였다.

주위에서 만류하던 첫 CD 때와 달리, 두 번째 CD는 매스컴들의 격찬에 신명이 나서 전광석화처럼 녹음하여 CD 음반 '열정의 소리'가 제작되었다. 완전 새로운 성악곡도 일주일 만에 하나씩 연습하여 녹음에 성공하였다.

독창회를 열다

이제 CD 1·2집이 나왔으니 체면상 독창회를 열어야 한다.

2005년 12월 3일 대전시민천문대에서 별☆음악회가 주선되었다. 새롭게 가꾼 실력을 발휘할 겸, 가장 어렵고 높은 음정의 아리아 7곡을 아래와 같이 연주곡으로 선정하여 김성준 사장에게 협조를 구했다.

01. Amorti vieta(금지된 사랑)
02. Cielo! e mar(하늘과 바다)
03. Recondita armonia(오묘한 조화)
04. Je crois entendre endore(진주조개 잡이)
05. Che gelida manina(그대의 찬 손)
06. Nessun dorma(공주는 잠 못 이루고)
07. Di quella pira(저 타는 불꽃을 보라)

그는 단호하게 불가하다고 응답했다. 아리아만으로 하는 독창회란 생전 보지도 못했을 뿐더러, 세계 무대 어디에서도 있었다는 이야기를 들어보지 못했다 한다. 더욱이 하이C가 4번씩이나 나오는 곡들을 아마추어가 무대에서 연주하겠다니 기가 찬 모양이었다. 그러나, 세계에서도 그리 한 적이 없다니 더욱 호기심이 발동했고 전의마저 불타올랐다.

독창회를 향한 특수 기동훈련 지침이 마련된다. 아침마다 하는 단전호흡에다 아파트 계단 오르내리기, 아파트 단지 내 조깅, 그리고 골프의 스트레칭 등 30분간의 운동이 추가되었다. 당장 발성이 달라지니 신바람이 났다. 당뇨 수치도 서서히 떨어지기 시작한다.

독창회는 이렇게 해서 성공했고 독창회를 지켜본 지명훈 기자께서 2005년 12월 6일 자 전국판 동아일보에 "열정의 노교수 하이C를 넘었다"라는 제하로 대서특필하여, 한동안 전국의 친지들로부터 축하 인사를 받기에 바빴다. 동아일보 문화면 전국판의 위력은 참으로 대단하더라.

'열정의 소리' - 2006년 9월 발매

01. Musica Proibita(금단의 노래)

죽도록 어여쁜 나의 천사인데 어째서 엄마는 안 된다고 하나요? 호세 카레라스가 무대에서 가장 즐겨 부르는 노래.

02. Con te partiro(당신과 함께 떠나리)

이탈리아 장님 가수 안드레이 보첼리(소프라노 사라 브라이트만과 함께)가 불러 유럽 전 지역을 강타, 이제 세계적으로 유명해진 곡.

03. Dein ist mein ganzes Herz!(그대는 오직 내 심장)

연인에 대한 사랑을 표현한 오페레토(오페라 이전 단계) 독일 노래로서 플라시도 도밍고가 무대에서 즐겨 부른다.

04. Tu ca nun chiagne(너는 왜 울지 않고)

이탈리아 나폴리 민요로 폭발 잠재력이 있는 주위의 베수비오 화산을 잠재워 달래기 위한 그 지역 주민의 정성이 담긴 곡.

05. Torna a Sorrento(돌아오라 소렌토로)

아름다운 소렌토 지역의 풍경을 노래함. 루치아노 파바로티는 나폴리 현지 방언으로 이 노래를 부른다.

06. Spanish eyes(스페인 여인의 눈)

스페인 연인과 잠시 동안의 이별을 앞두고 애써 달래는 노래로서 엘비스 프레슬리의 대표적인 히트곡.

07. Pourquoi me reveiller(왜 나를 깨우는가)

베르테르가 자신의 감정을 넣어 로테에게 읽어주는, 붕어로 된 오시안의 시 쥘 마스네.

08. Amor ti vieta(금지된 사랑)

로리스는 페도라에 대한 금지된 사랑을 노래한다.

09. Cielo e mar(하늘과 바다)

엔쪼는 하늘에는 별들이 반짝이고 달은 기울어져 적막하다는 노래를 부른다.

10. Recondita armonia(오묘한 조화)

화가 카바라도시는 애인 토스카를 그리고 그 아름다움에 심취해 노래를 부른다.

11. Di rigori armato il seno(괴로움은 가슴에 가득 차고)

괴로움에 가득 찬 가슴을 억눌러 참아내는 인내의 노래로 난이도가 높다.

12. Je crois entendre encore(귀에 남은 그대 음성)

진주 조개잡이 나디르는 성녀에 대한 사랑을 노래한다.

13. Quando le sere al placido(부드러운 저 붉은 빛)

해 저무는 고요한 저녁에 로돌프는 아름다웠던 옛 추억을 회상하면서 배신한 여인에 대한 분노도 한다.

14. Di quella pira(저 타는 불꽃을 보라)

만리코는 부하들을 불러 모으며 어머니를 반드시 구출할 것이라고 다짐한다.

3. 파란만장
공직자의 길

전기공학 전공자로 국가공무원이 되다

나는 평생 정부의 큰 혜택을 받고 살아온 연금 공무원이다. 부산고등학교 16회로 서울공대 전기과를 졸업하고 ROTC로 임관하여 육군통신학교 통신장비 정비 교관을 했다. 금성통신㈜ 기획사원으로 있다가 운 좋게도 기술고시라는 좁은 문을 통과, 조달청 외자국 기술과와 내자국 가격과 사무관으로 근무하다 감사원 감사를 몇 번 받고는 혼비백산하여 과학기술처 원자로규제과로 도망을 왔다. 이 과는 원자력발전소 건설 운영에 관한 인허가를 담당하는 실무행정과이다.

당시 고리원자력 1호기가 웨스팅하우스 주도로 준공되어 한국전력의 운영 허가 신청서를 심사하는 중이었고, 정부에서는 국제기구 IAEA에 기술자문을 요청했다. Dr. 로젠이 이끄는 대규모 IAEA 기술자문단이 도착하여 1주간 심사한 결과 메이커인 웨스팅하우스 합격, 사업자인 한국전력 합격, 규제기관인 과학기술처는 규제기술능력 부족으로 불합격!

따라서 대한민국 첫 번째 원자력발전소 고리1호기는 총출력의 70%까지만 운전하라는 무서운 메시지를 남기고 가버렸다.

과기처의 대대적인 원자력 규제요원 양성대책(1년의 장기 해외연수 파견)이 발표되었다. 당시 가발을 수출 주력사업으로 하던 한국경제 수준에 공무원의 해외연수란 꿈도 못 꾸던 시절이었다.

핵공학 전공자로 변신, 화양연화의 시대

나는 University Of Wisconsin(Madison)의 핵공학과 석사 과정에 용케도 입학하여 생소한 분야의 어린 대학생들과 치열한 경쟁 속에서 시험과 숙제로 수많은 날밤을 뜬눈으로 새웠고, 결국 1년 9개월 만에 석사학위를 땄다. 졸업 마지막 학기에는 원자력발전소 설계 프로젝트에 참가하여 직접 1000MWe BWR 원자로 설계를 마쳤다. 원자력발전소가 한눈에 다 들어왔다.

귀국하니 신설된 원자력개발과장으로 발탁되었고 우수한 계장 둘이 기다리고 있었다. 아마도 이때가 나의 화양연화였던가 싶다. 명석한 두뇌를 가진 이호영 계장과 천부적인 그림 재능을 가진 장재옥 계장(작고)의 대단한 애국심과 열정! 우리 셋은 죽이 맞아서 밤인지 낮인지 모를 정도로 일을 해댔다. 어려운 원자로와 핵연료 주기 기술 전반을 한눈으로 알기 쉽게 '원자력 기술 도해' 책자를 처음으로 만들어서 관계 기관에 뿌렸고 찬사가 쏟아졌다.

원자력개발과의 첫 번째 개발 과제로서 원자력발전소의 '핵연료국산화사업'을 들고 나왔다. 원자력발전소의 핵심 기술은 노심의 설계이고, 노심 설계란 핵연료를 안전하게 서서히 태우는 기술이다. 첫 번째 반응은 주위의 모두가 시큰둥했다. 위험한 사업이고, 수익성도 별로 없고, 안전 규제와 국제기구의 감시도 심할 것이다. 그러나 언젠가는 반드시 국산화를 해야 하고 핵연료는 안정 공급 측면뿐 아니라 농축 재처리 등 핵주기 안보와도 관계되어 있어 발전 사업자가 아닌 별도의 기구가 전담하고 그것은 연구소에서 관장하는 것이 좋겠다는 결론을 내렸다.

드디어 핵연료국산화사업(500억 규모의 국책사업)을 경제장관협의회 안건으로 올렸다. 담당 주무과장은 경제기획원 예산실에서도 깐깐하기로 유명한 강봉균 예산과장이었다. 이곳에서는 원래 최고위층의 관심이 보이지 않는 사업은 언제나 열외였다. 경제성 분석 시비에서부터, 연구소는 회사 운영 능력이 없다는 등 끝없는 시비에 걸려들었다. 중앙부처의 똑같은 과장인데 너무 심하다고 느꼈으나 나라를 위한 일이려니 이해하고 매일 여기로 출근하고 오후에는 보고서를 만들고 각고의 노력과 혼을 불어넣는 2년이 흘러 경제장관협의회에서 핵연료사업을 국책사업으로 한다는 결정 사항이 나왔다. 기(氣) 싸움에서 이긴 것이다.

좌절과 함께 온 행운

그러나 이 어찌된 일인가? 경제장관협의회를 마치고 나온 우리 장관님(기계공학박사 이정호)이 한전 사장에게 전화를 걸어 핵연료국산화사업을 통째로 한전에 넘겨버렸다. 청천벽력이었다. 기가 막혔다. 장관님은 "원자력에 500억 원은 우물 안에 돌을 던지는 격이지만 전자기술에 100억만 투자해도 전자산업이 바뀐다" 했다. 그래도 그렇지, 애써서 따 온 국책사업인데 이래도 되는 일인가? 화장실에 가서 엉엉 울었다! 공직생활에 환멸을 느꼈다. 만사를 접어버리고 장관님처럼 기계공학박사 공부나 하자!

이러던 중 청와대에서 고위직 공무원 숫자를 줄이기 위해 대국대과(大局大課)를 표방하면서 각 부처에 줄일 숫자를 할당했다. 정부 각 부처는 초상집 분위기였다. 잘됐다! 이때 내가 첫 번째로 희생되어주자고 결심했다. 차관님(이웅선)실을 찾아가 공부하러 가고자 휴직을 신청하겠다 하니 차관님은 첫마디로 거절! "가려면 사표를 내고 가라!" 했다. 기약도 없는 박사 공부인데 안 되면 돌아와서 면서기(面書記)라도 해서

밥은 먹어야 한다.

　며칠 있다가 장관님이 기분이 좋을 때를 기다려 휴직 사정을 했더니 뜻밖에도 "3년간 해외파견으로 할 터이니 부디 목표 달성하여 금의환향하시오. 이삿짐 값을 보태주지 못해 미안하네." 순간 눈물이 앞을 가렸다. 아마도 '핵연료사업 이관'에 미안하셨던 모양이다. 핵연료사업은 그 후 3~4년을 한전에서 미적거리다가 대통령 특명으로 한필순 원자력연구소장이 다시 찾아와서 연구소 부설 핵연료 회사를 설립했다. 그동안의 실기로 사업비가 3배가 더 늘었다고 들었다.

기계공학 박사학위에 도전

홧김에 기계공학을 하겠다고 나섰으나 사실 대책도 자신도 없었다. 이번엔 어린아이 둘 모두를 데리고 이민 가방을 가득 채워 김포공항에 갔다. 시골에 계시는 아버지가 아픈 몸을 끌고 기어이 공항에 오시겠다 하여 기다렸으나 더 기다릴 수 없어 2층 출국장으로 올라갔다. 멀리서 아버지가 뛰어오다 그만 털썩 주저앉아 우시는 모습을 보았다.

미국의 첫 도착은 테네시 낙스빌 공항, 테네시주립대학 공업역학과 김근하 교수님의 인도로 이 대학의 대학원 과정에 등록하여 기계공학 기초과목 위주로 수강을 밟았다. 1년쯤 지나 오꾸릿지 원자력연구소의 이덕교 박사님을 만났고 그는 자기가 제일 존경하고 가장 열심히 연구하는 한국인 정태정 교수에게 나를 소개할 테니 그리로 가라고 했다. 인터뷰에 합격했다.

정태정 교수님을 만나다

나는 University Of Alabama(Huntsville) 기계공학과의 대학원 과정에 들어갔다. 이 대학은 NASA 연구소 옆에 있어 학생들 대부분은 나사 직원들이고 주로 나사의 연구 프로젝트에 의해 운영되는 연구 중심 대학이다. 정태정 교수님은 유한요소법(FEM)의 선구자로 로켓 고체연료의 연소 화염의 문제를 유한요소법으로 푸는 데 심취되어 있었다. 이미 저명인사 레벨에 올라 있었고 저명 학회에 논문 타이틀만 보내도 자동으로 학회지에 실린다.

어느 날 교수님이 펀치카드가 가득 든 큰 보르박스 하나를 주면서 문제를 풀라고 하였다(그때는 컴퓨터 입력장치가 펀치카드였다). 일주일간 끙끙대다 결국 오류를 찾아냈다. 이 문제를 풀려고 컴퓨터를 잘하는 중국인 대학원생을 채용했는데 6개월 동안 풀지 못해 쫓겨났다고 한다.

이 문제 해결로서 꽉 막혔던 교수님의 연구 보따리가 확 풀려버린 듯 연방 학회에 논문이 실리더니 나사로부터 대형 연구 프로젝트가 떨어졌고 내 연구실도 교수실 옆으로 옮겨졌다. 신명나게 연구했다. 학교에서 밤을 지새웠고 새벽에 청소원들이 출근할 때에 비로소 자리에서 일어났다.

1984년 7월 나는 아버지가 돌아가셨다는 비보를 받고 교수님께 장례식만 참석하고 올 테니 일주일만 시간을 달라고 사정했다. 한마디로 거절! 가려면 짐 싸고 가라! 집사람만 귀국시켜놓고 눈물을 훔치면서 뼈 빠지게 연구 보조를 했다. 그 후 여러 편의 연구 논문이 학회지에 실렸고 나는 박사 자격시험(필기)과 논문심사(구두)를 통과했다. 그러나 타 전공 분야의 학사와 석사과정 이수자이므로 기계공학 박사과정에는 기본 학점 수가 모자라 졸업 학기에도 3과목을 수강하여 졸업 열흘 전에도 피 말리는 기말시험을 쳤다.

바로 이때 과기처 차관님(조경목)한테서 전화가 왔고 국장으로 진급됐으니 하루빨리 귀국하라 했다. 교수님은 나에게 한 달만 더 도와주고 가라고 사정했다. 그러나 이번에는 내가 그럴 수 없는 처지였다. 이런 일로 교수님과 나는 아직도 서먹서먹한 사이이다. 교수님은 90살이 훨씬 넘었는데도 연구하신단다.

기계 분야 국책연구조정관의 고민

1985년 7월 입지(立志)한 지 만 3년에 기계공학 박사학위를 취득하고 귀국하니 공무원의 꽃이라는 국장 자리가 기다리고 있었다. 그 이름은 기계연구조정관! 전 산업에 관련된 기계와 소재 기술의 연구 방향을 결정하는 중요한 자리이다. 그런데 수개월 동안 살펴봐도 국가 단위의 기계기술이 보이지 않는다.

정부 통계를 보면 대일무역 역조의 주범은 언제나 기계류 부품 소재였다. 역사와 전통을 가진 한국과학기술연구원(KIST) 기계공학부를 보니 책임연구원들 간의 헤게모니 쟁탈전이 한창이고 한국기계연구소(KIMM)에는 창원 본소와 대덕 선박분소, 그리고 서울 기술지원센터의 연구소장 세 분(서울공대 동기동창)은 언제나 서로 으르렁대고 있었다.

나는 기계공학 대선배들의 감정 노출이 단순한 개인적 갈등이 아닌, 우리나라 산업과 기계기술 간의 구조적인 문제로 보았다. 급격한 산업발전에 때를 놓쳐 낙오해버린 기계기술의 비참한 현실이 바로 그것! 예를 들면, 반도체사업을 위해 도입

된 특수한 장비장치의 자동화 초정밀 기계기술! 이 기술을 국책연구기관 차원에서 무슨 수로 연구, 개발하겠는가?

대학 쪽은 더욱 가관이다. 서울대학교 기계공학과 이장무 교수(대학 동기)를 만났다. 맘은 있지만, 연구는 사실상 손을 놓고 있단다. 당시 기계공학과와 기계설계과로 나누어져 있었고 교수의 수가 꽤 많고 전문 분야에 골고루 분포되어 있었다.

나는 이 자리에서 1년간 연구 프로젝트 1억을 드릴 테니 앞으로 10년 동안 교수 각 개인이 무슨 연구를 어떻게 수행할 것인지 계획을 세워 취합해달라는 파격적인 제안을 했다. 모두가 놀라는 눈치이고 우리 조정관실의 노환진 담당 사무관은 이래도 되는 것인지 걱정하는 눈치였다. 나는 공무원은 비리가 없으면 절대로 다치지 않는다는 조달청 경험을 상기시켰다.

그때까지만 해도 서울대학교는 정부 돈 1억 원을 받을 연구비의 구좌가 따로 없어 총장의 통장을 썼다. 평생 이런 소프트머니를 처음 보는 교수님들은 혹시 오해라도 받을까 봐 아주 적은 교통비 영수증까지 붙였다.

기계공학 교수들과 대학원생들이 일제히 그 넓은 관계 산업체와 외국 학회지를 뒤져보기 시작하자 분위기가 달라졌고 이는 즉시 국내 학회는 물론 타 분야 타 대학으로 들불처럼 연구 분위기가 번져나갔다. 1년 후에 나온 10개년 기계기술발전 장기계획은 바로 작품이 되었다. 오늘날의 반도체, 조선, 원전, 방위산업 등에서 활약하는 우리나라 기계기술을 보시면….

오스트리아 주재 외교관이 되다

1988년 초 오스트리아 대사관에 파견된 ●●● 과학관이 3년 임기를 마치고 귀국 의사를 밝혀왔다. 오스트리아는 북한의 유럽 진출 교두보로서 매우 큰 대사관(아지트)이 있고 최근 영화배우 최은희 납치 사건도 있어 아무도 그 후임으로 나서지 않았다. 나는 빈의 음악이 좋아 선뜻 지원했다.

88올림픽 개최를 며칠 앞두고 오스트리아 대사관에 과학관으로 부임했다. 수도 빈에서는 국제원자력기구(IAEA)가 있고 나는 우리 정부의 창구로서 역할을 했다. 소문대로 북한 사람들이 많았고 북한대사관 건물에는 수백 명이 공동으로 숙식하는 시설이 있었다.

IAEA 총회 회장 선거 일정이 발표되었는데 공교롭게도 한국을 포함한 동아시아 지역에 할당되었다. 중국과 일본은 IAEA 이사국이므로 배제되고, 필리핀과 우리나라는 서로 교대로 지원하는데 금년도는 한국 차례였다. 몽골은 별 무관심이고, 이제 남은 나라는 북한과 남한인데 북한은 이 자리를 먹으려고 혈안이 되어 있었다.

그런데 우리나라는 아직 출마자를 정하지 못해 두 번이나 독촉하는 전보를 쳤으나 묵묵부답이었다. 원자력 전담 부서인 과기처에 알아보니 3개월 전에 정근모 박사를 추천하여 외무부에 공문을 보냈다는 것이다. 만약 북한이 단독 출마, 자동 당선될 경우 나는 물론 외무부의 줄초상을 어찌 감당하려는지 걱정이다. 기일이 임박하여 대사께 보고하고 정근모 박사 이름을 직접 써넣었다. 내가 빈을 떠난 뒤 결국 남북한 대결에서 정 박사가 선출되어 우리나라는 역사상 최초로 국제기구의 의장국이 되었고 정 박사님은 일약 정계의 스타로 등극했다.

이럴 때쯤 대사가 바뀌었고 새 대사로 외무부에서 기행(奇行)으로 소문난 ○○○ 대사가 부임했다. 이분은 결재를 받으러 가면 한 번만에 결재가 되지 않는다. 지금 바쁘니 2시간 후에 오라고 해놓고 그 시간에 가면 퇴근하고 없다. 그래서 일주일에 한번 나가는 외교 행랑(파우치)을 놓쳐 한국에 보내는 모든 자료가 일주일씩 늦어지는 것은 다반사이다.

청와대 과학비서관으로 발탁

　바로 이때 과기처 차관님(최영환)한테서 청와대 과학담당비서관으로 내정되었으니 빨리 귀국하라고 했다. 청와대에 아무 줄도 없는 내가 웬 비서관일까? 오스트리아에는 이제 국민당 정부가 들어서서 전보다 거리의 분위기가 좋아졌고 아이들 학교교육 문제도 있어 2~3년 정도 더 있었으면 했다.

　그러나 이 대사님 밑에서는 숨이 막혀 살 수 없을 것 같다. 여기서 도망치기에는 절호의 찬스였다. 후임자가 없어 직 상근인 대사님을 인수자로 하는 업무 인수인계 서류를 만들어 결재를 맡고 그날 저녁 부부 만찬까지 대접받고 아침에 비행기를 탔는데 황당하게도 대사님도 같은 비행기를 타고 있었다.

　청와대에는 경제수석 밑에 경제부처를 담당하는 6개 경제비서관이 있고 나는 그중 과기처와 체신부를 담당하는 비서관이다. 문희갑 경제수석은 전임 비서관을 내보내고 나니 과학기술계와 체신부 등에서 너무 많은 지원자가 몰려와서 사실상 거절 조건으로 내세운 3가지 조건인즉 행정 경험 10년

이상, 두 가지 이상의 복수전공, TK 지역 비서관이 너무　아서 TK 지역이 아닌 사람으로 정했다 한다. 이상희 과기처 장관이 우리 부처에 바로 그런 사람이 있다 하여 내가 추천되었다 하였다.

외무부에서 소환?

갑자기 외무부 조약국장과 총무과장이 나를 불렀다. 청와대비서관을 오라고 하는 것은 필시 문제가 있을 터, 대략 서류를 챙겨 조약국장을 만났다. 예상대로 정근모 박사 건이다. 왜 외무부의 지시를 받지 않고 맘대로 행동했냐고 질책이다.

왜 케이블을 두 번이나 보냈는데 지시를 하지 않았느냐고 맞받아쳤다. 북한이 됐으면 어찌할 뻔했소? 혼자서 결정했느냐고 묻길래 최전방 소대장이 적을 만났는데 중대장에게 물어보고 총을 쏘느냐고 반문했다.

총무과장을 만났다. 곤혹스러운 듯 서류 하나를 꺼냈다. ○○○ 오스트리아 대사가 외무부장관(참조: 청와대 비서실장, 과기처장관)에게 보낸 공문인데 "김필규 과학관은 현지 대사의 허락도 받지 않고 인수인계 절차도 밟지 않고 근무지를 이탈하였으니 처벌해주시기 바랍니다." 경악했다. 가져온 인수인계 서류(인수자가 바로 ○○○ 대사)를 보여주고 그날 있었던 일을 설명하니 '헉' 말문을 닫아버렸다.

외무관료들이 조달행정을 익힌 백전노장의 기술자를 너무

우습게 봤더라.

　문희갑 수석은 정치에 때 묻지 않고 일만 열심히 하는 나에게 최고 점수를 주었다. 과학계의 숙원사업인 '국가과학기술자문회의'를 청와대 소속의 상설기구(사무처장: 1급 공무원)로 설치하게 해주었다. 이분은 과학기술을 매우 중요시하는 드문 경제 관료였다. 토지공개념과 금융실명제를 밀어붙여 법제화 직전까지 몰고 간 장본인이다. 이때 정호용 전 국방장관이 5·18 사태와 관련 대통령의 뜻에 반하여 대구 지역 국회의원 보궐선거에 출마하게 되었고, 이에 대응하여 문희갑 수석이 차출되어 그 지역의 그 선거에 나가게 된다.

사표를 쓰다

새 경제수석으로 ◇◇◇ 경제학박사가 부임했다. 첫날 업무 보고 자리에서 "김 비서관은 연구실에 있을 사람인데 왜 청와 대에 있느냐?" 나가라는 말이다! 그런데 난데없이 이병기 부 속실장이 나한테 전화를 하여 대통령 지시라면서 국방과학 관련 수석회의에 참석하라는 전갈! 즉각 수석께 보고했는데 들은 척도 아니해서 무안하게 물러났다. 국방과학연구소 (ADD)와 우리의 무기 체계를 살펴보았다.

머칠이 지난 후에 부속실장이 당황하여 전화… 지금 그 회 의를 하려는데 ◇◇◇ 수석이 말하지 않더냐며 핀잔을 주고 지금 5분이 남았으니 급히 올라오라고! 숨차게 뛰었다. 내 평 생 이만치 헐레벌떡한 적이 없었다. 가까스로 도착하여 자리 에 앉아보니 배석이 아니고 수석들이 앉는 자리였다. 김종서 안보보좌관이 말을 많이 하는 걸 보니 '안보회의'였다. 머리에 식은땀이 흘러내렸다. 그 후로는 항상 부속실장이 직접 연락 했다. 대통령께서는 종전에도 가끔 직접 전화하여 과학기술 관련 질문을 주셨는데 운 좋게도 모두 내가 알고 있었던 내용 들이었다.

즈음하여 장관들 개각이 있었는데 과기처 장관에는 놀랍게도 처음으로 과학기술자가 아닌 동아일보 정치 기자 출신인 □□□이 임명되었다. 그날 장관께서 수석께 인사하러 왔고 나가는 것을 서영길 행정관이 알려주었다. 2층에서 보니 막 면회실을 빠져나가 주차장 쪽으로 가고 있었다. 뛰어 내려가 장관님을 만났다. 퉁명스럽게 "방금 수석을 만났는데 김 비서관을 과기처로 데려가라 하던데…?" 하였다. 며칠 후에 청와대 비서실장 앞으로 '김필규 할애 요청' 형식의 소환장이 도착했다.

황당하게도 과기처 원자력안전심사관(3급)으로 오라는 것이다. 내가 3급을 5년이나 하고 2급이 된 지 1년이 지났는데 하부 관청으로 가면서 강등까지 하라는 것이다. 해도 너무하다! 갈 수도 없고 안 갈 수도 없다. 사표를 썼다. 서영길 행정관에게는 사정 이야기를 하고 비서에게는 사물 정리를 부탁한 후 사표를 들고 △△△ 총무수석실에 갔다.

첫마디에 △△△ 수석은 "까라면 까야지… 그것을 왜 내가 처리하냐? 경제수석에게 갖다줘!" 군대식 욕을 먹고 경제수석 보좌관에게 사표를 던지고선 집으로 왔다. 이 소식은 하루 만에 비서실과 경호실에 쫙 퍼져 모두가 자기들 일처럼 분개해버렸단다.

　그도 그럴 것이, 청와대 근무는 매우 힘들다. 그러나 부처로 돌아갈 때는 1계급 승진이 관례여서 바로 그것 때문에 기를 써가면서 청와대 근무를 지원하는 것인데 아무 잘못도 없는데 수평 이동도 아니고 강등이라니 말이 안 된다! 삽시간에 사보타주 분위기로 상황이 심각해지자 김영일 민정수석실이 나섰다.

1급 승진 국립중앙과학관장으로, 그러나…

대통령은 "김필규를 새로 발족하는 국가과학기술자문회의 사무처장(1급)으로 승진시켜 보내라"라는 지시를 내렸다. '경제민주화'란 큰 나팔을 불면서 청와대에 입성한 ◇◇◇ 수석의 체면이 말이 아니게 되었다. 나와의 악연은 이렇게 시작되었다.

며칠 후에는 제주에서 소련과의 정상회담이 예정되어 있어 경제수석과 박운서 비서관(상공 담당)이 미리 제주도로 갔다. 고르바초프 서기장 도착을 기다리는 비행장에서 ◇◇◇ 수석과 총무처 장관 사이에 나의 신상 문제를 의논하였는바, 김필규 비서관을 국가과학기술자문회의 사무처장으로 바로 보내면 이 기구가 청와대 직속기관이 되어 골치가 아프니 일단 서류상으로 중앙과학관장으로 보내어 김필규에게 과기처 모자를 씌운 다음, 하루를 지나 사무처장으로 바꾸자고 합의했다. 밀담을 들은 박운서 비서관의 전언이었다.

역시 ◇◇◇식의 발상! 머리 한번 좋았으나 총무처 인사국장이 이런 인사는 죽어도 못 하겠다며 버텨버렸다. 황당하게도 나는 대전 중앙과학관장으로 가게 되었고 날벼락을 맞은 ■■■ 현 과학관장은 자문회의 사무처장으로 가게 되어 한없는 원한을 나에게 토로했다. 카이스트 교수 출신인 이분에게는 아무리 설명해도 이런 복잡한 행정 사건은 이해가 안 되는 순수한 과학기술자이다. 그 후에도 여러 번 오해를 풀려고 했지만, 그는 나에게 시간을 주지 않았다. 아마도 팔순이 훨씬 넘은 지금까지도 살아 계신다면 오해하고 계실 것이다.

생각지도 않았던 국립중앙과학관장으로 발령을 받아 대전으로 내려왔다. 넓은 대지의 새 건물에 꽉 들어찬 전시물과 국내 최대의 천체관 인기가 대단하여 개관한 지 1년도 안 되어 벌써 관람객이 100만에 육박하고 있었다. 직원 수도 많아 그동안 내가 경험했던 정책 부서와는 사뭇 다른 환경이었다.

그러나 예산서에 기재된 기관 운영비에 과학관이 쓸 수 있는 돈은 한 푼도 없었고 많은 사람들이 지나간 뒤에는 고장 난 전시물만 쏟아졌다. 나는 전시물의 고장 수리 대장을 따로 만들어 별도 관리하고 있었다. 내년도 전시물 수리 예산 확보를 위해 본처 박진호 기획관리실장(경제기획원에서 전입)을 만나 과학관의 전시물 이야기를 했다. 갑자기 이분의 눈빛이 이상해져서 순간 꺼림칙한 생각이 들었다.

KBS를 언론중재위원회에 제소

3개월이 지날 때쯤 과기처 총무과장(권갑택)이 내려와서 장관이 내 사표를 받아오라 했다 한다. 이유는 물론 없었다. 누구의 뜻이냐고 물었더니 청와대라 하였다. 나는 서랍에서 흰 봉투를 꺼내 보이면서 열흘 전에 대통령께서 직접 내 손에 쥐어준 전별금 봉투지라면서 그 자리에는 신임 서울경찰청장도 있었고 ◇◇◇ 경제수석 김영일 민정수석도 있었는데 "그동안 고생이 많았다. 앞으로 잘 근무하라"라는 격려 말씀도 있었다. 청와대라면 누구를 말하느냐고 물었다. 그는 말없이 서울로 돌아갔다.

얼마쯤 조용한가 했더니 갑자기 KBS 홍지명 기자가 토요일 9시 저녁 뉴스에서 우리 과학관의 고장 난 6개 전시물을 집중 보도하면서 다 부서져 있는데도 방치하고 있다는 악의적 보도를 전국에 내보냈다. 내용을 알아보니 지난주에 과기처 본처 직원의 인도를 받아 KBS 카메라가 전시실에 들어가는 것을 보았고 관람객이 많으니 홍보하는 줄 알았다는 것이다.

피가 거꾸로 솟구쳤다. 나라의 녹을 먹는 사람들이, 어진

서생들만 있었던 내 친정 과기처에서 어째서 왜? 내 모가지 하나에 올인하는 삼류 집단으로 돌변했는지 통탄을 했다. 나는 지금도 이것이 □□□식 발상이라고 생각한다.

심부름센터에 의뢰하여 이 방송 필름의 복사에 성공하고 언론중재위원회에 제소했다. 과학관에는 5,600여 점의 전시물이 있고 직접 만져 동작시키는 전시물이 200개가 넘는데 어째서 다 부서졌다고 보도했으며, 고장율도 선진국 과학관에 비해 못하지 않다는 공식 자료를 제시하고 KBS의 정정 보도를 요청한 것이다. 언론중재위에서는 그대로 정정 보도하라는 판결이 나왔다.

직권면직 당하다

바로 다음 날 나는 직권면직되었다는 통보를 받았다. 심신이 피로하여 잠이 들었는데 새벽에 집사람이 대성통곡하는 소리에 놀라 깼다. 직권면직은 공무원의 징계 사항은 아니지만, 인사기록 카드에 붉은 도장이 찍히는 불명예 면직으로 공공기관에서는 일할 수가 없다. 아직 50이 안 된 48세였다.

직권면직 사유를 물어보니, 고위공직자가 감히 KBS 국영 방송국을 언론중재위에 올려 공무원의 품위를 손상시켰다는 이야기였다. 이 말 그대로를 서류에 담아보려고 우체국 내용증명을 하여 그 사유를 밝혀달라고 하였더니, 시간이 걸려 돌아온 답신에는 KBS 관계는 쏙 빠지고 공무원법 몇 조에 해당되어 직권면직했다는 통보였다. 나는 행정소송에 정통한 김오수 변호사에게 소송 일체를 맡겼다.

정부 상대 행정소송을

당초에 KBS와의 사건으로 발생한 개인적 불명예를 지우기 위한 행정소송이었는데, 총무처 소청심사위를 통과의례로 끝내고, 고등법원에서는 공무원법상 1급 관리관의 신분보장 문제로 확대되어 불꽃 튀는 법리 공방으로 비하되자 전 공무원들의 관심 사항으로 확대되었고 1급 공무원들의 신상 문제가 정무직 공무원들의 노리개처럼 다루어져왔던 지난 수십 년의 관행이 도마 위에 올랐다. 다급해진 것은 과기처를 포함한 전 정부 부처 행정기관이었다.

나는 이때 서울공대 전기공학과 박영문 교수님을 찾아뵈었다. 대학시절 송전공학 명강의에 깊은 감명을 받았고 서울대학교 전체에서 논문이 제일 많은 교수이다. 졸업 후 30년이 지났는데도 내 직업이 특수해서 알아보셨다. 그동안 정부로부터 소박을 받고 쉬고 있다고 하니 교내에 당신 연구실이 여러 개 있으니 편히 쓰라고 하셨다. 한전에서 서울대 캠퍼스에 지은 전력기초기술연구소 5층이었다. 변호사가 부르면 즉각 달려가기 좋은 위치로서, 여기서 월간지 '정보기술' 잡지(발행

인: 이인식, 전자공학 동기)의 과학기술 칼럼을 썼다.

고등법원 부장판사는 이 문제를 헌법재판소에 심리요청을 하라고 하였다. 변호사는 이런 특수한 경우에는 우리에게 90% 승산이 있다고 하였고, 이 사실을 알게 된 과기처 차관 (●●●)이 러브콜을 했다. 소송만 취하해주면 뭐든지 들어주겠다 했다. 나는 장관(김시중)님을 직접 면담케 해달라고 하니 그건 또 안 된다고 하였다.

이 소송은 노태우 정부 때 시작하여 김영삼 정부로 넘어왔는데 이 건 담당 헌재 재판관은 김진우(대통령과 같은 종친)로서 대통령 임기 끝날 때 판결한다고 했다. 모든 것이 허사가 된 것 같아 허탈해졌고, 3년을 더 버텨낼 기력도 없었다. 사실 현행 공무원법상 1급 공무원 제도는 분명 문제가 있지만, 정무직공무원(장차관)과 직업공무원(국장 이하) 간의 체제유지를 위한 완충용 필요악으로 남용하지 말라는 경고만으로도 충분하다고 생각했다.

소송 포기, 정부와 화해, 미국 유학, 멀티미디어 연구 시작

때마침 정근모 박사가 과기처 장관으로 왔다. 내 뜻을 전하니 환영 일색이었다. 바로 원자력안전기술센터(소장 김성연) 연구위원으로 내정했다. 주말을 이용하여 센터에 가보니 아연실색! 입구에 시뻘건 현수막에 내 이름이 보이고 헬리콥터 인사 결사반대한다는 노조 깃발을 보았다. 장관님은 또 기계연구소(소장 서상기)에 부탁한 모양이다. 기계연구소는 긴급 간부회의를 열어 김필규 반대 대책회의를 했는데 찬성했던 사람은 인사 조치를 당했다고 한다(박장선 정책실장 전언). 창원의 전기연구소도 마찬가지다. 나도 모르는 사이에 실속도 없이 내 머리만 커져버린 것을 실감했다.

다시 장관님께 부탁했다. 멀티미디어 시대를 대비한 새 공부를 하도록 한국과학재단 교환교수 연구 프로그램에 합류토록 간청했고 일사천리로 진행되었다. 과학재단 사무총장은 과기처 기획관리실장이었던 박진호였다. 그는 내 사건 이후 과기처 차관으로 승진, 과학재단 사무총장으로 쾌속 영전했다.

나는 또다시 팔자에도 없는 학생 유학길에 나섰다. 이번에

는 교수 모자를 썼고 버팔로에 있는 뉴욕주립대학교(SUNY)
의 중국인 미국 교수 첸의 3D 영상연구실에 자리를 잡았다.

　버팔로에서 보름마다 도착하는 한국 신문 뭉치에서 청와대
근무 시절에 신으로 모셨던 노태우 대통령과 나와 악연의 골
이 깊어진 ◇◇◇ 경제수석이 나란히 감옥으로 가는 사진을
보았다. 만감이 교차했다.

충북대 초빙교수

미국 체류 1년이 되었을 때 박진호 과학재단 사무총장한테서 급한 연락이 왔다. 재단의 초빙교수 프로그램은 공무원 퇴직 후 5년 이내라야 자격이 되는데 내가 올해를 넘기면 신청 자격이 안 된다는 것이었다. 충북대, 영남대, 경북대 세 군데를 주선해놨으니 결정하고 귀국하라는 의미였다. 조금 있으니 세 학교 모두에서 자기네 대학에 오라고 환영 의사를 밝혔다. 초빙교수는 돈은 재단에서 받고 강의는 대학에서 하므로 학교 측에서 봐선 새 분야에 대한 강의 부담이 없다. 연구소마다 쫓겨 다니는 것을 본 박 사무총장은 내 처지가 보기 딱했던 모양이다. 그는 나만 보면 미안하다 사과한다는 말을 입에 달고 다녔고 암에 걸려 있었다. 내가 충북대 초빙교수로 안착하는 걸 보시고 숨을 거두셨다.

미국 버팔로 SUNY에 있을 당시 새롭게 등장한 컴퓨터 언어 C로 구현된 윈도우95가 출시되면서 세상을 뒤집어놓았고 C++라는 객체지향언어도 등장하여 소프트웨어 산업이 대량 생산체제로 준비되고 있었다. 나는 C/C++를 공부하고 급히 귀국했다.

충북대학교에서 C/C++를 가르쳤고 한 학기에 1강좌만 해도 되는데 일부러 청주에 아파트를 얻어 3강좌씩 했다. 혹시나 교수 빈자리가 있을까 하고 말이다.

국립한밭대학교 컴퓨터학부 교수

초빙교수 임기 3년이 끝날 무렵 대전산업대의 교수 초빙 신문 광고를 보았다. 놀랍게도 멀티미디어 전공과 전산소장의 공모인데 총장은 천성순 박사였다. 카이스트의 대덕 이전과 연구 기반을 단기에 끝내버린 전설적인 인물이다.

박정희 대통령은 경제개발의 첫 포석으로 하드웨어로서는 포항종합제철을, 소프트웨어로서는 서울 공릉동에 KIST(한국과학기술연구소)와 KAIS(한국과학원)를 신설하였다.

전두환 대통령은 창원 공업단지에 부응하는 대규모 과학연구단지를 대덕에 조성하고 단지 한가운데 매우 넓은 부지를 확보하여 KIST와 KAIS을 합친 KAIST를 이전시키려 했다. 우여곡절 끝에 KIST는 서울에 잔류하고 KAIS만 KAIST라는 이름으로 이전키로 되었는데 교수들의 완강한 저항에 부딪혀 진전을 못 했다. 다른 정부출연 연구소, 기업 연구소 다 들어섰는데도 단지 한가운데만 텅 빈 채로 수년이 흘렀다. 이를 넘겨받은 노태우 대통령의 수심은 깊어갔다.

바로 이때 천성순 원장이 나타나서 교수들을 어떻게 설득

했는지 전광석화로 이전하여 불과 2~3년 만에 그 넓은 땅에 건물로 빼곡히 들어찬 기적을 이루어 오늘의 세계적인 연구 중심 대학 카이스트가 된 것이다. 나는 여태 이런 행정 달인을 본 적이 없다(이분은 후에 장관급인 국가과학기술자문회의 위원장을 역임하시고 지병으로 작고하였다).

대전산업대학교에서 나는 컴퓨터 프로그래밍 전담 교수가 되었고 전산소장과 도서관장을 겸직했다. 이때가 한국은 IT 산업의 초창기였고 다른 선진국에 비해 많이 뒤떨어져 있었다. 새 과목들(자바, PHP, 그래픽스프로그래밍, 게임프로그래밍)이 쏟아졌다. 학생들은 몰려오는데 가르칠 선생이 없었다. 시간 강사도 없고 가르치는 학원도 없었으며 교재도 별로 없고 다만 세계 기업체들의 신제품(tool) 설명서가 판을 쳤다. 바야흐로 한국 IT 혁명의 그 현장이었다.

대전산업대는 시내 한복판의 좁은 캠퍼스에서 계룡산 자락 유성에 넓은 부지를 갖춘 새 캠퍼스로 옮겼고 이름도 국립한밭대학교로 개명하였다.

나는 매 학기마다 새 과목을 강의했는데, 두 시간을 공부해서 겨우 5분을 강의하면 더 강의할 게 없다. 피를 말리는 새 과목의 교재 연구를 10년 동안 했으니 정년퇴직하기 얼마 전에는 거의 초죽음의 상태였다. 바로 이때 운 좋게도 성악과의 거룩한 만남을 이루었다.

2010년 2월 28일 드디어 국립한밭대학교에서 정년퇴직을 했고, 그렇게 원했던 명예회복은 물론, 연금 공무원이 되고 근정포장까지 받았다.

아! 사랑하는 나의 조국 대한민국이여!

퇴직 후 클래식 성악에 몰입하여 팔순의 나이에 득음의 세계를 경험하고 천년의 베일에 싸여 있던 성악의 비법을 이 책 『성악은 내 생명』을 통해 세상에 공개한다.